문학/사상 9

불가능한 말들

2024

산지니

차례

∞ 쟁점-서평

『문학/사상』 9호를 내며

불발된 원고가 있다. 윤정규론이 그 하나다. 요산 김정한에 기운 지역 문학의 장에 도사린 편향과 동어반복이 과도할 정도여서 어떤 장벽이 되고 있다는 느낌 때문에 기획하였으나 미뤄졌다. 차차로 윤정규와 그 이후를 들여다볼 요량이다. 약간 우회하여 요산의 단편 「산거족」에서 추출한 '사람답게 살아가라'라는 말의 오남용을 지적하고자 한다. 텍스트 안에서 이 말은 주인공의 내성적 목소리에 가깝다. 자기를 향한 말이지 타자를 향한 도덕적 정언 명령이 결코 아니다. 이는 또한 작가 자신의 내면을 향한 말일 수도 있는데 어떤 전도가 일어난 계기가 있다면 요산의 고희를 맞아 후학들이 문학비를 세우면서 이 말을 돌에 새긴 탓이 아니었나 추측한다. 굴곡의 삶을 반성하거나 불의에 저항하는 자기 다짐의 말이 위계를 만들고 타자를 억압하는 진술로 오용되거나 남용되는 와전의 증폭이 지나치다. 이러한 가운데 정체와 부진에 무감각해지거나 자기만족에 사로잡히는 경향이 없지 않다.

글을 쓰는 이는 대개 부끄러움의 정동에 사로잡힌 존재이다. 늘 자신의 글과 삶에서 한계를 자각하면서 수치를 느끼고 다시 새로운 시작을 거듭한다. 이처럼 고독하게 시작을 반복하는 일이야말로 시인과 작가에게 주어진 고통이자 축복이다. 다소 다른 맥락을 지니지만 에드워드 사이드가 말한 '시작의 앎'을 생각하게 된다. 무엇보다 앎은 자기가 변화하는 시작이어야 한다는 의미에서 글쓰기의 본성과 닿아 있다. 돌이켜 볼 때 5년 전에 우리가 『문학/사상』을 시작한 일이 문학과 사상을 대화하게 하고, 문학을 방법으로 사상을 사유하고, 문학을 매개로 사상의 신체를 얻고자 하는 데 있었다고 생각한다. 여전히 잠정적인 주제를 배회하고 있지만, 그 가운데 주변부성이나 로컬에 관한 관심이 도드라졌다고 할 수 있다. 물론 로컬은 문학과 사상을 다시 시작하는, 가장 구체적인 계기로 작동하고 있을 따름이지 그 자체가 목적인 것은 아니다. 단일과 편향을 모두 거부하되 그렇다고 각자의 처지와 모순을 외면하는 다양성의 자유를 옹호하려는 의도를 지니지 않는다. 겹눈으로 시차를 확인하면서 스케일의 중첩과 내적 변화를 제대로 읽고 토론하려고 했다.

반딧불이를 비유로 들어 환경오염의 첫 비극적 징후를 고발한 이는 파졸리니이다. “수질 오염 때문에 반딧불이가 사라지고 있다.” 이처럼 로컬도 소멸하고 있다. 중심부에 자본과 권력이 집중하면서 중심부 로컬은 날로 비대해지고 주변부 로컬은 죽어가고 있다는 진단이다. 한편으로 반딧불이의 잔존하는 이미지를 닮은 주변보다 화려한 광휘에 휩싸인 중심이 죽음에 가깝게 느껴지기도 한다. 이러한 시적 역설이 로컬을 혁명의 미약한 둥지로 보려는 경향을 만들며 저항의 진지가 되게 한다. 우리는 중심과 주변의 단순한 이분법을 경계하면서 로컬을 구체적인 모순의 핵심 현장으로 인식하는 방법을 거듭 반복한다. 다시 오키나와를 생각하고 제주를 질문하는 까닭이 여기에 있다. 윤인로 주간이 3호에 초대한 도미야마 이치로의 텍스트를 다시 소환하여 동아시아에 드리운 ‘지난 폭력과 도래할 폭력의 예감’을 거듭 환기하며 사상적 태세를 강조하는데, 오키나와만큼 지난 폭력의 상기와 도래할 폭력의 예감을 갖게 하는 토포스를 찾긴 어렵다는 생각이 든다. 이어서 여문주 선생의 글은 도미야마 이치로의 항존하는 전장을 아우슈비츠-비르케나우의 존더코만도에 의하여 전해진 네 장의 사진, 조르주 디디-위베르만이 말한 ‘모든 것을 무릅쓴 이미지들’과 연결하여 사유하게 한다. 말이 끝난 지점과 재현이 불가능한 지점이 만나는 위급한 형국이다. 강렬한 서치라이트의 불빛에 가려지고 사라지는 이미지들에서, 그 부정성과 불가능성 속에서, 새롭게 생성과 형성을 시작하려는 안간힘을 찾는 일이 가지는 의미를 생각하지 않을 수 없다. 기후 위기에 맞서 제주에서 행동하는 사람들의 보고서를 윤여일 선생의 글을 통하여 자세하게 접할 수 있어서 반갑다. 이에 더하여 최말순 선생의 글은 대만의 현대문학을 통하여 베트남 전쟁과 동아시아를 돌아보게 한다. 최근 약화되고 있는 동아시아 담론을 우리가 다시 지펴야겠다는 생각을 품게 하는 글이다.

그 어느 때보다 말이 오염된 현실을 지금 우리가 경험하고 있다. 분노와 증오, 비난과 혐오, 공격과 폭력의 말들로 난폭한 시대이다. 부끄러움을 안고서 9호를 발간한다. 훌륭한 시편과 소설을 주신 고명자, 성선경, 유현아, 이하석, 최원준 시인과 조갑상 소설가에게 더없는 경의를 표한다. 텍스트를 경유하면서 우리의 경험과 생각은 더욱 구체적인 진실에 육박할 수 있다. 이런 점에서 시인 작가에게 지금보다 더 넓은 지면을 확대하는 일이 과제이다. 이번 호를 내면서 한 가지 아쉬운 소식을 전한다. 창간의 계기를 만들었고 9호에 이르도록 잡지의 방향을 잘 이끌어온 윤인로 주간이 자신의 작업에 더 공력을 기울이고자 편집진에서 물러나게 되었다. 그의 공백을 메워야 한다는 마음이 무겁지만, 그가 염원하는 학문의 전도가 창성하기를 기대한다. 편집진을 더 보강

하고 지면을 혁신하는 과제를 앞에 두고 있는데 10호를 통하여 이러한 과제를 잘 수행하려 한다.

재료비가 오르고 환경이 어려워지는 등의 출판 여건에도 불구하고 강수걸 발행인이 『문학/사상』에 기울이는 정성이 크다. 올해에 평론 신인을 공모하는 일을 과감하게 결정하여 시행하게 되었다. 많은 이들이 호응하여 역량 있는 신예 평론가가 새롭게 탄생하기를 갈망한다. 부산에서 발신하는 우리의 비평 담론이 날로 공명하여 한국문학의 다른 수준으로 실현되면 좋겠다. 우리는 또한 매월 독자와 만나는 행사를 통하여 대화의 교류를 지속하고 있다. 많은 관심과 동참을 기대한다.

2024년 3월

편집인 구모룡

Σ 시

눈

고명자

출세를 바라 자식들 본적지를 서울로 바꿔버린 기회주의자 아버지 그럼에도 방탕을 더 사랑하셨으니 밤눈 아름답게 내리신다 뼈는 고향에 묻어야 한다며 낙향한 이율배반적인 아버지 당신 제삿밥 자시러 살금살금 내리신다

구례구역 밤기차에 뛰어들어 따발총을 갈겼다는 큰아버지 때문에 연좌제에 묶인 외사촌 오빠 옳은 직장 없이 서울로 어디로 전전긍긍 늙다 칠십을 훌쩍 넘어 남의 선산이나 깎아주고 남의 과수원 일당쟁이로 살아도 고향으로 돌아오니 좋다 하고

삼동이웃 외가가 모여 향 끄고 철상한다 옥과천 떠내려오는 노을이 피 같아 무서웠다는 막내이모 3대가 지나서야

반란군이란 대물림을 벗으니 허리가 펴지더냐 늙은 조카에게 음복을 권하고

귀 꽝꽝 멀어 우리 입모양만 바라코 계시던 엄마 반란군 소리는 번쩍 뜨이는지 혀를 내두르다 헛손질하다 휘둥그레진 겁쟁이 엄마 눈보라가 몸서리치는 사나운 밤이면 억울하다 억울하다는 흐느낌이 너릿재를 넘어오는 것 같았다 하고

핏기 짜르르 도는 꼬막 까먹다 말고 6 · 25 참전 용사였기에 현충원에 묻힌 거라고 남편을 자랑하는 작은 이모 손바닥만 한 땅뙈기라도 놀면 죄받는다 자랑, 자랑, 자랑을 늘어놓으시고

우익도 좌익도 없어 골고루 환해 좋으신지 소복소복 내리신다

오늘 밤 아버지의 家系는 가난하지 않아 무섭지 서럽지 않아

아버지 조기를 뜯으시는가 점점 더 내리신다

거푸거푸 소주를 드시는가 홍얼홍얼 내리신다

먼먼 기억의 골짜기에서 달려와 섣달 밤하늘 까맣게 덮으며 흰 눈 펄펄 내리신다

집

고명자

먹다 보면 그도 앞에 와서
젓가락질을 하고 있는 것 같다

놓쳐버린 찰나로 채워지는 집 안에
들큼한 겨울 무에 생고등어의 비릿함이 배이면

햇빛의 등짝은 점점 넓어지고
곰팡이는 서서히 죽어가
누구나 자신의 기분에는 솔직해서
오늘은 조림 냄비를 싹싹 비워내는 소리가 해맑게 들려

한숨짓는 거울과
웃음 짓는 거울

어떤 얼굴이 더 매혹적인가
살벌한 말싸움 끝에 발라내던 고등어잔가시

자신의 뒤통수를 볼 수 없게 지은 것은 거울의 유치한 복수
그래, 이제 책임과 의무의 창문은 허물어버릴 차례야
쫓아가 어깃장도 놓고 따져볼 참이야

새끼 지네에게 물려 몇 시간을 시달리다
가두어 버렸지 숨구멍이 막혀 나동그라지게
밥도 물도 아무것도 주지 않고
격렬한 리듬에 엉켜 기다란 몸이 뒤집힐 때까지
태어나고 죽는 것들에게 나도 서서히 익숙해져가고 있어

고명자
2005년『시와 정신』등단
시집『술병들의 묘지』,『그 밖은 참, 심심한 봄날이라』,『나무되기 연습』
백신애 창작기금 수혜
atgn0987@hanmail.net

후투티에 대하여

성선경

사슴의 뿔처럼 훌륭하진 못해도
나름 아름다운 머리 깃을 가졌다 해도
내가 책임져야 할 것에 대하여
날갯짓처럼 자유롭진 못하다
후투티라는 이름이
어느 열대지역의 섬 이름처럼
이국적으로 들리기도 하지만
나는 당신의 생각처럼 자유로운 영혼은 아니다
날아다닌다고 다 자유로운 건 아니고
지붕 아래 깃들었다고 다 암울한 건 아니듯
후투티 후투티 이름을 부르면
어디서 옷차림부터 자유로운 영혼이
이국적인 모습으로 환하게 다가올 것 같지만

이름만으로 자유를 구하고
이름만으로 영혼을 살찌우진 못한다
사슴의 뿔처럼 훌륭하진 못해도
나름 아름다운 꽁지깃을 가졌다 해도
나는 당신의 생각처럼 자유로운 영혼이 아니다
후투티 후투티 이름을 부르면
그 이름만으로도 이국적인
환한 얼굴로 다가올 것 같지만
꽁지깃만으로 우리 삶을 살찌우진 못한다
날아다닌다고 다 자유로운 것도 아니고
지붕 아래 깃들었다고 다 암울한 것도 아닌
내 이름은 후투티 후투티.

대숲에 들어

성선경

나를 잠시 놓아두게
나는 이제 방금 대숲에 들었네
대숲에는 대숲에만 부는 바람이 있어
밥 끓는 냄새도 잠시 잊을 수도 있다네
대숲에서 멀어지면 사람은 곧 속(俗)된다네
나는 그동안 얼마나 대숲에서 멀어졌나?
나를 잠시 그냥 놓아두게
밤새 뒤척이던 꿈결에서 깨어나듯
나 이제 이 청정에 몸 뉘겠네
비운 듯 채운 듯 가득한 고요
대숲에는 대숲에만 부는 바람이 있어
내가 나를 잊고 지난 나를 잊고
오직 청정 가득한 고요

댓잎 흔드는 바람에는 차향이 짙어
오랜 산사에 든 듯 청량하다네
나를 잠시 놓아두게
나는 이제 방금 대숲에 들었네
이 세상 다 잊고 두문동에 들었던
옛 현인 마음 읽을 듯도 하네
이제 내 이 청정에 몸 뉘이면
내 어릴 적 동심으로 다시 돌아가겠네
잠들 듯 잠에서 깨어나듯
내 이제 이 청정에 몸 뉘겠네.

성선경

1960년 경남 창녕 출생. 1988년 한국일보 신춘문예 시부문 「바둑론」 당선.
시집 『민화』, 『햇빛거울장난』, 『네가 청둥오리였을 때 나는 무엇이었을까』, 『파랑은 어디서 왔나』, 『봄, 풋가지行』, 『석간신문을 읽는 명태 씨』, 『까마중이 머루 알처럼 까맣게 익어 갈 때』, 『진경산수』, 『아이야! 저기 솔사탕 하나 집어줄까?』, 『옛 사랑을 읽다』, 『모란으로 가는 길』, 『몽유도원을 사다』, 『서른 살의 박봉 씨』, 『널뛰는 직녀에게』. 시조집 『장수하늘소』, 시선집 『돌아갈 수 없는 숲』, 시작에세이 『뿔 달린 낙타를 타고』, 『새 한 마리 나뭇가지에 앉았다』, 산문집 『물칸나를 생각함』, 동요집 『똥뫼산에 사는 여우』(작곡 서영수). 고산문학대상, 산해원문화상, 경남문학상, 마산문학상, 경남도문화상 등 수상.

전철 종점역 앞에는 편의점이 있어요 단골이 되고 싶지만

유현아

빙판이 우려된다는 안전안내문자를 받았다
입춘첩을 보내준다는 문자를 받았다
대출 안내 광고 문자를 받았다

종점에서 출발하는 전철을 탔는데 너뿐이었다
반대편에 도착한 전철에서 사람들이 끊임없이 쏟아진다
높이가 다른 손잡이들이 흔들거리고 있다

발품을 판다는 것은 너만이 할 수 있는 반대의 일
계약기간이 끝난 방은 안개가 되어 선명하게 사라진다
보증금은 그대로이고
2년 동안 뭐 했니
같은 크기의 방들은 같은 월세로 계약하기 힘들어

옥탑방이라고 하지 않고 기어코 5층 방이라고 조용히
우기는 중개업자는 아우디를 타고 희미하게 사라진다

2년의 짐들은 다섯 개 박스로도 충분해
오래전 살았던 집은 이제 너의 키만큼 기울어 있고
높이가 다른 집들을 멀리서 바라보는 일이란
서걱거리는 모래알을 한 움큼 입에 무는 일

오래 기억하려고 사진을 찍지만 다시 보고 싶지는 않아
저기 서서 울어봐, 그럼 이상하잖아[1]

누군가는 짐을 챙겨 다른 곳으로 이주를 준비 중이다
입춘이었다
눈이 내렸다

창을 열면 전철이 지나다니는 옥상들이 즐비하다
너는 출근을 위해 올라가고 퇴근을 위해 내려간다

---

1 김현 소설 『고유한 형태』 속 문장

부하린의 4월

유현아

발목까지 차오르고 있는 물은 어디에서 흘러들어오는지
알 수 없다
도시에서 걷고 있는 발들은 모두 제 몫을 하고 있다
물론 그렇다고 믿는 것이겠지만

물은 어느새 부하린에게만 차오르고 있다 신을 믿지 않지만 신을 믿는다고 생각한다 걸을 때마다 물은 정강이로 무릎으로 허벅지로 차오른다 부하린은 아랑곳하지 않고 걷는다 신을 믿지 않지만 기도하고 싶다고 생각한다 물이 가슴까지 차올랐을 때 부하린은 생각한다 걷는 것을 여기에서 그만둘까? 하지만 부하린은 신을 믿지 않기 때문에 걷는다 물이 부하린의 목에서 입으로 올라오고 있을 때 어떤 한 아이가 부하린을 바라본다 쉿! 아무에게도 말하지 말렴 이 물은 내가 감당해야 할 물이야 발목과 손목에 쇠스랑을 가득 두른 것처럼 아주 천천히 바닥에서 발을 떼면서 걷고 있다 하지만 부하린은 걷는다고 생각하지 않는다 다만 걷는다라고 상상할 뿐이다 부하린의 눈동자까지 물이 차올랐다 이제 부하린은 걸음을 멈추며 온몸으로 물을 감싸안고 뛰어오를 준비를 한다

부하린은 부하린처럼 물과 함께 사라진다

부하린은 슬퍼하기를 선택한다

유현아

시집으로 『아무나 회사원, 그밖에 여러분』『슬픔은 겨우 손톱만큼의 조각』, 청소년시집 『주눅이 사라지는 방법』, 미술에세이 『여기에 있었지』가 있다. 제4회 조영관창작기금, 제21회 아름다운 작가상을 받았다.

가창 댐[1]

이하석

못가에서 서성대니
못 속엔 물의 깊이 재는지
소나무 그림자 눈금들 빽빽이 흔들린다.

웅시를 떠올리는 수면.
흰빰검둥오리, 쇠물닭들 유영하는 저 세계는
금 간 심연을 바깥의 반영으로 감출 뿐이다.

오리들 유영하며 남기는 물의 상처는 쉬 아물지만
내가 되새김질하는 기억의 상흔은 끊임없이 파문진다.

---

1 1950년 자행된 민간인 대량학살 현장이 댐으로 수장된 곳이다.

허공의 낙인이여. 죽음의 반영은
흰 구름의 세계도 아프게 벙근다.

햇빛 그물 얼룽덜룽한 산책길은
자꾸만 못으로 미끄러질 듯 비탈진다.

의자

이하석

1

다리 하나 부러진 채 내다놓여져 있다.

길가를 고수하지만,
숲 쪽으로 상한 세계가 기울었다.

누굴 더 앉히려는지
제 고집의 그림자를 고양이처럼 숨기고 있다.

2

저 의자는 도대체 나를 앉히지 못해
안절부절이다.

제대로 서 있으려는 나를 주저앉히려는 저 의자는
늘 기운 채로 비탈진 채로
나를 떠받들 뿐이다.

이하석
1971년 『현대시학』 추천으로 등단. 시집 『투명한 속』, 『김씨의 옆얼굴』, 『우리 낯선 사람들』, 『연애 간(間)』, 『기억의 미래』 등. 김수영문학상, 김달진문학상, 이육사시문학상 등 수상.

돋보기 놀이

최원준

초점을 맞춰 종이를 태운다
기억의 형상은 볼록렌즈다
소용된 것들은 기록되지만
대부분 왜곡된다
봄이라 말하면서 겨울이라 이르는
계절과 계절의 사잇길
우리에게 무슨 일이라도 있었듯이
한 시절의 볼록렌즈
초점을 맞춰 종이를 태운다
이미 볼록렌즈를 들이댔을 때부터
우리는 알고 있다
종이의 기억과 세월의 흔적
조악하게 덧칠한 필체의 정체를

그들 위로 초점이 닿는다
대부분 왜곡되고 불필요한 것들
기억의 형상은 볼록렌즈다
종이에 불이 붙는다

나는 부산이다

최원준

부산돼지국밥에는 뭐가 들어가나? 부산이 들어가나 돼지가 들어가나 국밥이 들어가나, 머리 고기가 들어가고 내장이 들어가고 순대가 들어가고 수육도 들어가고, 돼지 국수가 들어가고 돼지 우동이 들어가고 따로국밥도 들어가고 수육 백반도 들어가고, 마늘 넣고 양파 넣고 땡초 넣고 정구지 넣고 새우젓 넣고 깍두기 국물 넣고, 뽀얀 사골 국물이 끓고 멀건 머리 내장 국물이 끓고 맑은 고깃국물도 끓고, 이북 사람이 끓이고 제주 사람이 끓이고 경북 사람이 끓이고 호남 사람이 끓이고, 가마솥에서 한데 끓고 없는 것 없이 끓고, 팔도 사람이 함께 끓고 모두가 와글와글 끓고, 전부 다 들어가고 부산으로 끓고, 팔도가 들어가고 모두 함께 끓고, 부산돼지국밥 안에 모여 끓고, 부산돼지국밥으로 끓고… 그래서, 부산돼지국밥에는 돼지도 들어가고 국밥도 들어가고 팔도도 들어가고, 부산이 들어간다.

최원준

1987년 무크지 『지평』으로 작품활동 시작.

시집 『오늘도 헛도는 카세트테이프』, 『금빛 미르나무숲』, 『北邙』

현재 (사)최계락문학상재단 총무이사

Ⅱ 비판-비평

오키나와로부터의 말, 테러/테라의 파르티잔주의: 로컬리티의 명명을 위한 하나의 시금석

윤인로

1

로컬리티/지방성地方性에 대해 원론을 쓸 수 있는 능력이 없으므로, 아래 내용은 각론의 범위에 한정될 수밖에 없는 것임을 미리 언급해 놓아야 할 듯하다. 로컬리티라는 것의 특정 형태를 가리켜 보이는 하나의 사례 혹은 범례로서 예컨대, 내부 식민지주의Internal Colonialism 속에서 결정되는 지방에서의 생활세계, 그런 결정의 내부에서만이 협상의 주체로 호명/가설되는 지방의 사람. 그런 문제설정 곁에서 개념적인 실감을 조금이라도 더 갖고 생각해 볼 수 있는 것, 조금이나마 위화감을 덜 느끼면서 말해 볼 수 있는 것이 없지 않아 있는바, 다름 아닌 (모종의 지방) 오키나와로의 매개자 도미야마 이치로의 텍스트가 그것이다. 달리 말해, 그가 입각해 있는 '전장戰場'이라는 이름의 정치적-윤리적 장소가 곧 그것이다. 짧았지만 구체적인 만남에 기대어, 비평지 '문학 슬래시 사상'의 이름으로 도미야마의 글을 요청·번역·배치했던 경험을 상기하면서, 그가 제시하는 특정한 물음들로부터 시작하려고 한다.

> 현실에 대해 [준비]태세身構え[방어/공격의 준비상태]를 취한 사람과 그것을 치료해야 할 대상으로 생각하는 사람 사이의 단절을 문제 삼고 싶은 것이다. 그 단절이란 의견 대립이나 지식의 결여 같은 문제가 아니다. 무엇을 말로서 승인할 것인가, 무엇을 청취해야 할 말로서 정할 것인가라는 말의 문제인 것이다.[1]

그 '단절'이란 '준비태세準備態勢를 취하는 자'를 매개로 하여 이뤄지는 모종의 적대 구성적인 일이자 상황인바, 구체적인 사례로서 그 적대란, 1945년 오키나와 전투의 전장을 1950년 한국전쟁의 전선 기지화된 오키나와로부터 "상기"하는 자, 그런 상기의 과정 속에서 자리잡는 시인적 활동공간으로서의 '현장'에 입각해 있는 자, 한반도로 출격한

1 도미야마 이치로, 「전후 일본의 오키나와론, 그 곤란과 '시작의 앎'」, 『문학/사상』 3호, 윤인로 옮김, 2021, 28쪽. 이하 본문에 쪽수만 표시함.

폭격기들에 의해 언제든 죽임당할 수 있음을 "예감"하는 자(30쪽), 그렇게 폭력에 대해 태세를 취하고 있는 자와 그들을 치료 · 교도하는 군정軍政의 치안력, 전쟁이 아니라 국제연합 가맹국으로서의 '경찰행동'일 뿐이라고 거짓말의 꽃동산을 쌓는 당시 군정장관 조셉 쉬츠의 공공적 안전(공안)론 사이의 대립으로 먼저 제시되고 있다. 이는 즉각 또 하나의 다른 전장으로, 2015년 전쟁법안반대 도쿄집회의 현장으로 이어지면서 그 현장이 위와 같은 적대적 상황의 구축에 실패하고 있음을 감지하는 근거가 되고 있다. 달리 말해 파병 반대의 주류 구호로 등장했던 '죽이지 말라'는 외침의 보편주의 혹은 인도人道주의적 인류애의 저류 속에서 폭력의 구체성이 떠내려가고 있었음을 자각하게 되는 것이다(그 구체성이란, 한반도로 출격했던 폭격기가 언제든 오키나와를 폭격할 수 있다는 1950년의 예감과는 달리 도쿄집회 사람들의 구호는 어디까지나 안전한 장소에서 발화되는 말이라는 것, 자신들이 죽임의 대상이 될 수 있음에 대한 불감증의 말이라는 것, 폭력은 항시 공안 속의 자신들이 아니라 아나키 속의 타인을 향하고 있을 뿐이라는 오인 혹은 무감각을 말한다). 그런 자각, 그 단절의 감각은 "정치적 올바름"으로 구호화된 보편주의를 절단하는 상황의 창출로, "폭력에의 감지력을 둘러싼 균열"의 포착으로 달리 표시될 수 있는 것으로서, "그 균열 속에는 이미 존재하는 폭력에 대해, 그리고 이후 등장할 폭력에 대해 [준비]태세를 취하는 자들이 있다."(31쪽) 오키나와라는 전장에 뿌리박고 행해지는 폭력의 역사에 대한 상기와 예감, 이를 통해 개시되는 것은 다름 아닌 "적과 동지의 구분"이고 "적과 동지의 연출"이며 "눈에 보이는 적과 동지와는 다른 균열"(23쪽)이다. "적은 형체를 띤 것으로서, 우리 자신을 향하는 물음이다. […] 적은 다른 무언가에 근거하여 없애버려야 하거나 가치 없기에 말살시켜야 할 어떤 것이 아니다. 적은 나 자신과 똑같은 층위에 서 있다. 그런 까닭에 나는 나 자신의 척도, 나 자신의 한계, 나 자신의 형체를 획득하기 위하여 적과 투쟁적으로 씨름해야 하는 것이다."[2] 적의 말, 적의 법, 이른바 정치적인 것의 발동 조건에 금 그어지는 균열, 정치적인 것의 진정한 발동이 이뤄지고 있는 현장으로서의 균열=전장. 폭력의 형질 · 백터가 준별될 수 있게 되는 그 균열=전장에서야말로 고통의 말을 분간해 듣는 일의 힘에 대해 질문할 수 있게 된다. 그런 질문을 정치적 · 윤리적 감지력의 출발점으로서 지속시킨다는 것, 거듭 그 지점으로 돌아가 무릅쓰고 다시 시작할 줄 안다는 것이 도미야마가 말하는 '시작의 앎'이다. 앎은 유혈적 노모스의 끝/지양이 시작되게 하는 앎, 적의 말을 분간해 고통의 상태를 들려오는 말로서 결정하는 힘의 형질

2 Carl Schmitt, *Theorie des Partisanen. Zwischenbemerkung zum Begriff des Politischen*[파르티잔의 이론: 정치적인 것의 개념에 대한 삽입주(插註)], Berlin: Duncker & Humblot, 1963, p. 87.

을 앎. 그것이 폭력 앞에서 준비태세를 취하고 있는 자의 근원이자 방법이다.[3]

2

그런 한에서, 다름 아닌 '말의 문제'를 진정한 적대 구성의 조건에 관한 물음으로서 거듭 살펴볼 필요가 있다: "오키나와로부터 무엇을 봐야만 하는가, 무엇을 현실로서 획득하지

---

3 적의 말, 적의 노모스法權/法圈와 적대하는 '시작의 앎'을 위해 인용해 놓을 한 대목은 다음과 같다: "노모스는 〈분할하는 것(Teilen)〉과 〈牧養[목양]하는 것(Weiden)〉을 의미하는 말인 네메인(nemein)으로부터 왔다. 따라서 노모스는, 그 속에서 한 민족의 정치적 · 사회적 질서가 공간적으로 가시화되는 그러한 직접적인 형상, 목초지에 대한 최초의 측량과 분할, 즉 육지의 취득으로부터 나오게 되는 것과 마찬가지로 육지취득 속에 존재하고 있는 구체적 질서이다. […] 육지취득 속에서, 도시 또는 식민지의 창설 속에서 노모스는 가시화되고, 노모스와 더불어 하나의 부족, 종사단 또는 하나의 민족이 정주하게 되며, 다시 말해 역사적으로 어떤 장소에 자리를 잡으며, 대지의 일부분을 어떤 질서의 힘의 장으로 고양시키게 된다."(칼 슈미트, 『대지의 노모스: 유럽 공법의 국제법』, 최재훈 옮김, 민음사, 1995, 52쪽) 원문의 이탤릭체 표기를 살려 첫 문장을 다시 옮겨 놓는다: "그리스어 노모스는 '나누다Teilen[배분하다/공유하다]'라는 뜻만이 아니라 '풀을 먹이다Weiden[목양(牧羊/牧養)하다]'라는 뜻도 가진 [그리스] 낱말 *네메인nemein*에서 유래한다." (Carl Schmitt, *Der Nomos der Erde im Völkerrecht des Jus Publicum Europaeum*, Köln: Greven, 1950, p. 39) 이같은 노모스를 낡은 것으로 결정함으로써 그 끝/지양을 감지하는 자가 '태세를 취한 자'이며, 이는 조금 뒤 '테러'의 의미망을 둘러싸고 다시 제시될 것이다.

않으면 안 되는가. 안다는 것에 관계된 그런 물음을 끌어안는 일이야말로 말의 사명이 되었던 것이다."(18쪽) 두 물음을 집약하는 것은 지하 파르티잔으로서 발화하는 총독의 다른 물음이다. '누가 나의 진정한 적인가.' 봐야만 하는 것은 적이다. 현실로서 획득해야 하는 것은 폭력 앞에서 태세를 취하고 있는 자로서의 파르티잔, 그가 뿌리박고 있는 전장이다. 폭력의 역사에 대한 말의 관여가 시험되고 시금試金되는 그 전장 · 현장은 자기 땅에서 유배당해 있는 삶의 은폐된 형태가 밝혀지는 장소이다. 그렇게 시금된 말의 진정한 관여상태, 그것은 파르티잔이 행하는 '고도의 정치적 관여'——슈미트가 말하는 파르티잔의 표준은 다음과 같다: 비정규성, 기동성, 정치적 관여의 격렬성, 대지에의 착근성——를 달리 표시하고 있는바, 그런 관여성의 정점 하나를 다음과 같은 문제적 테제 속에서 찾아보게 된다.

> 모든 의미에서 테러를 사고하지 않으면 안 된다. […] 그것을 예감하고 손에 넣지 않으면 안 된다. (34쪽)

오키나와라는 땅(테라terra), 그 땅의 내부 식민지적 역사성과 유혈적 시간을 상기하는 자, 그 자에 의해 점령군 미군의 딸에게 가해졌던 테러terror. 이는 「희망」(1999)이라는 이름의 소설 속 이야기로, 오키나와라는 땅과 폭력의 연계를 포착한 작가 메도루마 슌이 1995년 오키나와 미군 집단강간 사건으로 촉발된 기지 철거 대규모집회의 무기력함에 맞서서 제기한, 그 집회의 안전한 무지 또는 공안권력적 앎에 맞서서 제시한 구체적 형상이었다. 말하자면 테라-테러의 파르티잔주의적 연계 · 연동, 발현하는 관여 · 시작의 말과 앎. 그 테라-테러 속에서 창궐할 무법성에의 공포terror[테로르]는 집회군중과 집권세력에 의해서는 치료 · 치안의 임상적 대상으로 규정된 이후 원상복귀되어야 하는 것이지만, 태세를 취한 자로서의 파르티잔에게는 중층적인 심급에서 사고되어야 하는 것이다. 그에겐 테라-테러-테로르의 위험을 둘러싸고 수행되는 사고력, 그 효력은 치료 · 치안적 임상의 테두리 · 가두리로부터 탈취되어 와야 하는 것이다. 저 도쿄 군중집회에서의 구호와 더불어 합작 · 완성되는 폭력으로서의 도미야마적 계엄상태, 이를 상기하고 예감하는 파르티잔이 탈취 · 취득하는 테라-테러의 사고효력은 '보험법적인' 안전의 통치망 바깥을 향해 거듭 시작해 갈 줄 아는 역량의 증진으로 이어지는 것인바, 파르티잔은 "전쟁 상황과 적대의 실행을 위해 리스크의 개념을 의식할 필요가 있음"을 감지하고 있으며, 그런 감지 속에서 "**리스크***Risiko*[위험부담] 개념의 법률적 본향이자 그 법학적 **토포스**로서의 보험법"의 바깥을 향한다.[4] 그런 바깥으로의 이어짐 · 매개의 현장에서 묘사되고 건설되는 것이 "관여하는 말의 모습"(32쪽)이며 "말의 거처"(35쪽)이다.

3

테라-테러의 사고효력에 뿌리박고 발현하는 말의 문제, 말의 문제적인 발현은 무릅쓴 위험 · 위험부담 속에서의 일이며, 그 일 · 힘은 명명컨대 파르티잔적 시간론 속에서 다시 정의될 수 있을 듯하다: "군사력이란 무기도 기지도 아니다. 폭력에 노출되고 있다는 감각[의 생산력]이다. 그 지점에서는 지금 당장 폭력에 노출되고 있다는 것이, 이미 폭력에 노출되고 있다는 것에 대한 느낌과 지금 곧 등장하게 될 폭력에 대한 태세에 겹쳐져 있다. 과거와 미래는 그렇게 위험에 노출되어 있다는 감각 속에서 현재를 구성한다."(29쪽) 이른바 '무기론 즉 존재론'의 등식을 따를 때, 태세

---

4 C. Schmitt, *Theorie des Partisanen*, p. 34. 상기하고 예감하는, 그렇게 태세를 취하는 파르티잔의 테러-테라, 그것은 "군사전문적인 분류 바깥으로 나가는, 정치적 파르티잔 이론"(p. 51)의 대상이며, "'모든 수단들을 신성하게 만드는', 심지어 전체적 무질서의 폭발마저도 정당화하는 정당방위의 투쟁론"(p. 48)으로서, "특별히 지고한 의미의 정치적 사안으로서, […] 이를테면 법치적 국가의 영역을 넘어서 있는 모종의 '위험한 것Gefährliches'"(p. 49)으로서 정의될 수 있다.

를 취하면서 위험에 노출되고 있는 파르티잔의 무기는 다름 아닌 '말'이다. 테라-테러에 관한 구체적 사고효력 속에서 상기되는 과거와 예감되는 미래, 그런 상기와 예감의 교집·응집으로 밝혀지는 현재적 계엄상태. 그런 폭력의 시간론이 관여하기 시작하는 말과 앎의 한 가지 모습을 이룬다. 그런 말과 앎, 예-지豫-知적이며 예-언豫-言적으로 발현하는 힘이 도미야마적 폭력의 역사론을 자리 잡히도록 하는 것일 때, 그런 말과 앎은 "고통의 소유자처럼 취급된 자와 그렇게 취급되지 않은 자 사이에서 고통을 포착하는 일이며 […] 그런 소유격 속에서 구분되고 분류되고 말았던 폭력의 흔적을 '나'를 매개로 하여 연결시켜가는 일이기도 하다."(37쪽) 그런 매개의 윤리적-정치적 중핵이 무엇인지를, 다시 말해 그 매개·연결이 어떤 폭력에 관여하기 시작하는 말이자 앎인지를 보여주는 한 가지 사례가 있다. 시인 모리사키 카즈에를 중심에 놓고 있는 한 대목이 그것이다.

> 모리사키는 본토로의 '복귀'를 눈앞에 둔 1971년, 오키나와전투에서 행해진 일본군의 주민 학살을 관동關東[칸토]대지진에서의 조선인 학살과 겹쳐놓으면서 다음과 같이 서술하고 있다. "오키나와의 복귀를 전쟁 중의 학살행위가 적발되는 일로서 공포스럽게 받아들이는 본토 민중이 과연 얼마나 있겠는가."(모리사키 카즈에, 「안티 천황제 감각: 오키나와·본

토 · 조선」, 1971) 일본 안에서 모리사키는 그같은 균열을, 태세를 취하고 있는 자들을 발견하고 있다. 관동대지진에서 계엄상태의 폭력으로 살해당한 이들과 오키나와전투에서 살해당한 이들이 겹쳐져 있음을 발견하는 것이다. 오키나와의 복귀를 그런 연결의 관점에서 포착한 동시대의 문장은 모리사키 이외에 달리 찾을 수 없다. (31쪽)[5]

어떤 폭력에 대한 관여인가. '계엄상태의 폭력'에 대한 관여이다. 모리사키에게서 그런 관여가 시작되는 말의 모습 · 거처 · 사명을 찾은 도미야마는 자신 스스로가 폭력의 예감 속에서 1945년 오키나와와 1923년 관동을 연결 짓는 작업을 거듭했다. 그 작업의 한 가지 원형을 이루고 있는 것은 오키나와전투의 계엄상태를 집약하게 될 오키나와 학교 선생님 한 사람의 말, 전전戰前에 발화된, 지난 폭력의 상기와 도래할 폭력의 예감을 담은 말이다: "관동대진재 때 표준어를 쓰지 못한다는 이유만으로 수많은 조선인이 살해당했다. 너희들도 오해받아 목숨을 잃는 일이 없도록!"[6] 오키나와 방언을 퇴치하여 본토 표준어에 합치되는 것이 문명적 생

---

5 모리사키의 문장은 도미야마의 『시작의 앎: 프란츠 파농의 임상』(심정명 옮김, 문학과지성사, 2020)에서도 인용되고 있다.

6 도미야마 이치로, 『전장의 기억』, 임성모 옮김, 이산, 2002, 81쪽; 『시작의 앎』, 116쪽.

활과 민도民度의 증진으로 이어진다는 것, 말의 이질성이 목숨에 직결되는 사태의 일상화. 이는 오키나와에서의 '생활개선'이 신체의 규율권력과 생사여탈권에 연동되는 폭력의 표면을 이루고 있었음을, 오키나와-관동의 연결이 일상화된 계엄상태로서의 "신문공간[訊問空間]"에 대한 감지력 속에서 이뤄지는 것임을 표시한다: "학생 시절에 그 교사의 말을 들었던 한 사람은 그 말을 오키나와전투에서의 일본군의 잔학 행위와 관련된 기억으로 이야기한다. 그는 살기 위해 오키나와에서 오사카로 흘러들어간 사람이었다. 거기서는 유랑하는 삶과 관동대지진 당시의 학살 그리고 오키나와전투에서의 방첩 및 학살이 하나로 연결된 기억으로서 상기되고 있다. 이 연결이란 대체 무엇인가. 계엄상태라는 말로 생각해보고 싶은 것이 우선 그 문제이다. 그렇게 확장하여 생각하기 위해서는 계엄상태를 학살이라는 처참한 장면에 한정된 것이 아니라 평시 상황에까지 확대되는 신문공간으로 설정해야 할 것이다."[7] 계엄-신문의 공간, 그것은 달리 요약될 수 없을 다음 한 대목에서 구체화된다. "계엄령에 관련된 폭력이 이 명명과 그에 대한 응답에서, 즉 심문尋問에서 행사되고 있다는 점이야말로 중요한 것이다. 국가의 법을 넘어선 무법의 폭력이 바로 심문에서 수행되는 것이다. 그리고 심문

7 도미야마 이치로, 「계엄상태로서의 오키나와」, 『시작의 앎』, 116쪽.

은 심문받는 자들에게 목소리를 내는 방법, 발음, 숨결, 긴장한 표정, 이마의 땀을 응답으로서 강요한다."[8] 그런 계엄-신문의 공간으로서 관동-오키나와의 연결에 겹쳐지는 또 하나의 폭력 현장, 그것은 3·11의 후쿠시마이다. 그런 연결은 2011년 동일본 대지진의 복구와 부흥을 위해 '삼국인三國人'의 사전배제 및 '자위대의 치안 역할'을 강조한 도쿄도 지사 이시하라 신타로의 발언 속에서 관동의 학살과 더불어 자기 자신에게로 향해지고 있는 신문의 폭력을 예감했던 오키나와인 메도루마를 매개로 이뤄진다. 가능하고 필요한 한 가지 문답은 다음과 같이 된다. 왜 그렇게 겹쳐보는가, 왜 그렇게 연결하고 매개하는 겹눈의 시선이 필요한가. "버려진 국민[棄民]의 위치에서 국가의 무법을 감지함으로써 획득된 '바뀔 가능성이 있는 현재'[레베카 솔닛의 말]에, 굳이 말하자면 폭력의 예감과 함께 발견되는 미래를 향해 사람들이 연결되는 일을 고민하기 위하여"; "계엄령으로부터의 이탈 가능성을 다초점적으로 확장해 가기 위하여."[9]

---

8 도미야마 이치로, 「계엄령에 대하여: 관동대지진을 상기한다는 것」, 『일본비평』 7호, 정영신 옮김, 2012, 83쪽.

9 도미야마 이치로, 「계엄령에 대하여: 관동대지진을 상기한다는 것」, 87쪽. 폭력적 전장들 사이의 연결과 매개가 조건 없이 모두 긍정되는 것은 아니다. 다음 한 대목에서 제시되는 것은 '시스템' 차원에서의 '유사성'에 기초한 연결이 현행적 노모스와의 "공범관계"를 이루고 있다는 비판이다. "관건은 오키나와와 후쿠시마가 희생을 강요하는 일본의 시스템

4

위와 같은 문답의 내역을 집약해 가는 것은 너무도 낯익은 말, 곧 '다른 주체화'이다. 관건은 그 낯익은 말을 낯설게 함으로써 그 말의 형질을 힘의 생성태를 개시開示/開始하는 것으로서 지속하는 일이다: "신문공간은 간토대지진, 오키나와의 교실, 전장을 관통한다. 다시 말해 위험에 노출되어 있는 신체는 우선 지리적으로나 시간적으로 구분된 공간을 잇닿아 있는 신문공간으로 감지한다. 중요한 것은 […] 전장

에서 보면 마찬가지라는 유사성의 해설이 아니다. 버려진 국민은 시스템 상의 정의가 아니며 폭력에 대한 감지력의 문제인 것이다. […] 오성悟性적으로 그려진 국가 시스템에서 정의되는 희생자로 오키나와와 후쿠시마의 가능성을 말하는 것이 아니라, 버려진 국민의 위치로부터 감지된 국가의 모습이야말로, 그리고 이러한 감지력으로 미래를 말하는 것 자체가 지금 중요한 것이 아닌가."(87쪽) 이런 비판의 대상으로서, 혹은 비교의 대상으로서 살펴볼 수 있는 것은 타카하시 테츠야의 저작 『희생의 시스템: 후쿠시마 · 오키나와』(2012)의 연결론일 것이다. "왜 후쿠시마와 오키나와인가? 후쿠시마 원전사고는 전후 일본의 국책이었던 원전 추진 정책에 잠재해 있는 '희생'이 어디에 또아리를 틀고 있는지를 폭로했다. 오키나와의 미군기지는 전후 일본에서 헌법보다도 우월한 '국체國體'적 지위를 차지해 온 미일 안보체제에서 '희생'이 어디에 존재하는지를 보여준다. 나는 이런 맥락에서 원자력발전과 미일 안보체제를 각각 '희생의 시스템'으로 파악하고, 나아가 전후 일본이라는 국가 자체를 '희생의 시스템'으로 파악하는 관점이 필요하지 않을까라는 생각을 했다."(한승동 옮김, 돌베개, 2013, 5쪽)

의 기억을 상기하는 가운데 신문공간이 새기던 상처가 다른 주체화를 향한 과정의 단초로 바뀌는 일 아닐까?"[10] 관여하는 말의 모습, 전장의 폭력들을 연결하고 매개하는 앎과 말의 형태가 계엄적 신문공간 속에서의 "행려화[行旅化]하는 고통"[11]을 말로서 들려올 수 있게 하는 예-지와 예-언의 형질을 띠고 있을 때, 그리고 "우리들의 세계로부터 말을 포기할 수는 없는" 것이며 "폭력으로 명명되는 힘의 영역이 열어젖히는 것이 역시 말로써 구성되는 사회이지 않으면 안 되는 것"(37쪽)일 때, 그 연결 · 매개의 말과 앎은 메시아적이다. 청취될 수 있게 하는, 탈취 · 획득되어야 할 고통의 말을 향한 결정력으로 발현하는 메시아적=순수매개적 힘. 그 힘의 형질로 정향되기 시작하는 말, 낡은 노모스의 바깥을 지향해 가는 테러-테라의 파르티잔주의. 줄여 말해 전장들의 매개를 척도로 삼아 이뤄지는 낡은 노모스의 새로운 측량과 취

---

10 도미야마 이치로, 『시작의 앎』, 117쪽. 다시 한 번 새기게 된다: "심문尋問공간은 관동대진재大震災, 오키나와에서의 교실, 전장의 공통된 기저通底를 이루고 있다. 바꿔 말하자면 위험에 노출되고 있는 신체는 무엇보다 먼저, 지리적으로도 시간적으로도 구획된 공간을 땅으로 연이어진 심문공간으로서 감지하고 있는 것이다. 중요한 점은 […] 심문공간에 의해 줄곧 인각되었던 상처가 전장의 기억을 상기하는 와중에 다른 주체화로 향해가는 프로세스의 단서가 되는 일이 아니겠는가."(冨山一郎, 『始まりの知: ファノンの臨床』, 法政大学出版局, 2018, 109頁)

11 冨山一郎 · 鄭柚鎮 編著, 『軍事的暴力を問う: 旅する痛み[군사적 폭력을 캐묻다: 행려화하는 고통]』, 青弓社, 2018.

득을 위한 이론. 계엄상태에 관여하는 말/말씀의 모습, 말하자면 "신적인 노모스"를 원-측량하고 취득하는 로고스[=메시아] 즉 매개역, 그 속에 준비태세를 취한 파르티잔의 무기론 즉 존재론이 있다. 그런 로고스의 발현은 낡은 노모스의 끝이 시작되게 하는 모종의 메시아성을 띠는바, 예컨대 그것은 다음과 같은 문장들에 의해 앞질러 착근되고 있었던 게 될 터이다.

> **유토피아**라는 인공적인 낱말 속에는 대지의 낡은 노모스가 근거해 있는 모든 현장확정들의 거대한 지양Aufhebung 가능성이 간결한 방식으로 표명되고 있다.[12]

폭력의 역사에 대한 상기와 예감이 이뤄지는, 그런 한에서 메시아적인 매개(메시테스μεσιτησ[그리스도의 중보(仲保); 신적인 중개/보장/중재])가 시작되고 있는 도미야마적 항재전장恒在戰場. 그것은 공공의 안전을 내건 치안적 법이 효력정지되는 장소들, 치료-복귀의 반복적 회로 구축에 근거해 체제의 끝을 지연시키는 전前-종말론적인 힘——"치료한 다음 다시 전장으로 되돌려보내는 일"(27쪽)——이 끝나는 현장들, 그렇게 신적인 노모스의 취득이 시작되고 있는 상황들이다. 도미야

---

12 C. Schmitt, *Der Nomos der Erde*, p. 149.

마가 말하는 '시작'의 기점, 그 전장은 현행 노모스의 끝/지양이 시작되는 "유토피아들"[13]을, 피의 폭력에 관여하는 말의 메시아적인 모습을, 지혈하는 메시아적 매개력의 출처를 표시한다. 이를 위해 다시금 붙잡게 되는 것은 앞서 인용했던 한 대목이다: "모든 의미에서 [그러니까 모든 심급에서 이뤄지는, 계엄상태에의 감지력/상상력에 관계된] 테러를 사고하지 않으면 안 된다. […] 그것을 예감하고 손에 넣지 않으면 안 된다."[14]

---

13 冨山一郎, 「ユートピアたち―具体に差し戻すということ[유토피아들: 구체로 반려(파기환송)한다는 것]」, 石塚道子 · 田沼幸子 · 冨山一郎 編, 『ポスト · ユートピアの人類学[포스트 유토피아의 인류학]』, 人文書院, 2008.

14 테러-테라의 파르티잔주의에 관한 사고력 또는 상상력을 위해, 이후 뒤이어질 논의의 시작점 하나를 인용해 놓는 것으로 글을 끝맺고자 한다: "**법을 연극으로 살아낸다는 것**은, 무엇보다도 연기하는 것 자체에서 그 극장이 국가의 폭력과 테러에 노출되어 있는 감옥임을 발견해내는 일이다. 따라서 그것은 법의 내부에 있으면서 자신이 이제껏 폭력에 노출되어왔고 앞으로도 노출될 위험에 처해 있다는 것, 다시 말해 자신이 국가의 폭력과 테러에 의해 살해당한 존재 또는 살해당하려 하는 존재라는 것을, 법의 내부에 있으면서 자기 속에서 발견해내는 일이기도 하다. 그것은 감옥 속에 있으면서 감옥 밖에서 살해당한 타자를 찾아내어 자기 역시 그렇게 됐을지 모른다는 것을 예감하는 '폭력의 예감'이다. 그 속에서 살해당할지도 모르는 미래와 살해당했을지도 모르는 과거가, 그렇게 예감하고 있는 현재 속에서 교차되는 것이다. […] 그런 뜻에서 이 연극은 이미 존재하고 있는 국가의 비합법성을 상상력의 장에서 다시 설정하는 작업이라고 할 수 있다. 법을 연기할 때[연극으로서 살아낼 때] 획득되는 것은 바로 이 **법 바깥으로의 상상력**이다. 법의 외부는 예감해야 되는 것이리라."(도미야마 이치로, 「폭력의 예감」, 『전장의 기억』,

224~225쪽, 강조는 인용자) 지방에서의 삶, 자기 땅에서 뿌리 뽑히는 사람들. 지地-방放, 또는 (폭력의 땅으로부터) 해방된 땅. 모조구원적인 노모스의 대지를 대상으로 행해지는 원-측량, 그렇게 낡은 노모스의 끝/지양으로서 시작되는, 유배당한 자기 땅으로의 뿌리내림 · 재착근再着近.

윤인로

비평가. 〈신정-정치: 축적의 법과 국법의 이위일체 너머〉 〈묵시적/정치적 단편들: 작가 이상(李箱)의 리얼리즘에 대해〉를 지었고, 〈로마 가톨릭교와 정치적 형식〉(근간) 〈국가와 종교: 유럽 정신사의 연구〉 〈정치학: 마루야마 마사오 1960년도 강의록〉(근간) 〈이단은 어떻게 정통에 맞서왔는가: 주술제의적 정통성 비판〉 〈정전(正戰)과 내전: 칼 슈미트의 국제질서사상〉 〈파스칼의 인간 연구〉 〈선(善)의 연구〉 〈일본 이데올로기론〉 〈일본헌법 9조와 비폭력 사상〉 〈유동론(遊動論)〉 〈세계사의 실험〉(공역) 〈윤리 21〉(공역) 〈사상적 지진〉 〈나쓰메 소세키론 집성〉 〈트랜스크리틱: 칸트와 마르크스〉(근간)를 옮겼다.

디디-위베르만의 '자락'과 '잔존' 개념을 통해 본, 로컬의 이미지/이미지의 로컬

여문주

"이 세계의 모든 편린은 책으로 쓰일 가치가 있다. 각 편린의 매 순간조차 그러하다."[1]

"만약 내가 그와 같은 일종의 몽타주에 몰두하고 있다면, 그것은 무엇보다 사라질 위험에 노출된 것은 완전히 사라진 것이 아님을 암시하기 위해서이다. 그리고 그와 같은 과정에서 살아남은 것은 과거의 전적인 복원보다 훨씬 더 우리의 미래와 관련된 것임을 암시하기 위해서이다."[2]

---

1 Georges Didi-Huberman, *Aperçues*, Paris: Minuit, 2018, p. 15.

2 조르주 디디-위베르만, 『민중들의 이미지—노출된 민중들, 형상화하는 민중들』, 여문주 옮김, 현실문화, 2023, 283쪽.

1. 들어가며

대학에서 미술을 전공하겠다고 마음 먹었던 시절, 필자가 읽었던 현대미술에 관한 책들 속에서 필자를 사로잡았던 단어는 '전복'이었다. 책 속에 등장하는 유명한 작가들의 특이한 기질이며 기존 미술의 권위에 대한 이들의 끝없는 도전과 저항 정신, 그 과정에서 만들어진 작품들의 독특함과 새로움의 가치에 매혹됐다. 그리고 그것이 예술이라 막연하게 생각했던 것 같다. 뒤샹 이후 가속화된 전복의 신화는 작가들에게 새로움을 절대적 가치로 각인시켰고, 걷잡을 수 없이 빠른 속도로, 그것이 형식이 됐든 내용이 됐든, 끝없이 새로운 작품을 만들도록 요구했다. 현대미술의 역사는 이렇게 기존 체제를 뒤집고 위에서 군림하던 것을 아래로 끌어내리는 사건의 반복으로 기술되며, 이 과정에서 한 번 밀려난 것은 좀처럼 다시 언급되지 않는다. 그러한 역사 기술 방식은 불가피해 보이지만, 넘겨진 페이지에 쓰인 글들은 죽은 활자로, 과거의 영광을 한때 좋았던 것으로, 그러나 지금은 사라진 것으로 만들어버린다.

오랜 시간 미술을 업으로 삼고 그것을 가까이 혹은 멀리 지켜보면서, 필자는 이 전복에 대한 생각을 다시 하게 되었던 것 같다. 무언가에 매료되었을 때 다른 것은 눈에 잘 들어오지 않는 것처럼, 우리는 권좌에 오른 미술만을 바라보고 그에 밀려난 주변의 것들은 암암리에 그 존재 자체를 잊거나 심지어 부정하려는 경향마저 있다. 하물며 주류와 비주류의 쟁탈전에 들어가 보지도 못한 변방의 미술은 기록된 적도 없으며, 따라서 망각될 기회조차 없는 경우가 허다하다. 그러나 주류가 아니거나 새롭지 않은 것은 가치 없는 것으로 취급하는 이러한 미술사 기술을 언제까지 당연하게 받아들여야 할까? 새롭다는 것은 과연 무엇일까? 오직 뛰어난 천재만이 미술사에 기록되어야 하는 걸까? 미술의 역사는 정말 이들만의 시간으로 구성되어야 하는가? 조금은 나이브해 보이는 이 질문들은, 기존의 미술사 기술에서 서구 중심의 양식적 진화라는 거대담론의 연대기적, 선형적 시간성에서 벗어나, 이질적 시간들로 구성된 복합적, 모순적 시간성 개념으로 미술사에 접근하고자 했던 몇몇 미술사가들의 질문이기도 했을 것이다.[3]

1970년대 새마을 운동이 한창이던 시절 유년기를 보낸 필자는 지역의 수많은 문화들이 근대화에 역행하는 시대착오적 문화로 간주되어 파괴되거나 개조되는 과정을 지켜보았던 세대에 속한다. 그 과정에서 기록될 기회조차 갖지 못한 채 사라져간 것들이 얼마나 될까? 심지어 인간마저 개조

3 김진아, 「'미술의 종말' 시대의 미술사: '역사적인 것'과 '미적인 것'을 넘어서」, 『서양미술사학회 논문집』 제43권, 2015, 293-318쪽 참고할 것.

의 대상이던 시대였다. 그 사이, 파시즘이란 외적 강제에 의해 주도됐던 근대화 운동은, '신지식인', '세계화', '자기 개발' 등의 구호를 거치면서, 개별적 주체들의 내적 강제에 의해 '자발적으로' 수행되는 신자유주의적 자본의 운동으로 대체되었다. 그리고 이제는 '글로컬'이라는 신조어가 한때 글로벌을 위해 파괴됐던 로컬을 다시 소환한다. 마치 이 둘의 결합과 공존만이 최첨단의 기술적 혁신과 변화 속에서 그 이기를 누리면서도 그에 종속되지 않고 인간적 삶을 유지할 수 있는 대안이 된 듯하다. 아무튼 로컬을 되살리려는 움직임들이 이곳저곳에서 감지된다.

필자는 여행을 그리 자주 다니는 편은 아니지만, 여건이 허락하면 한곳에서 한동안 머무는 것을 좋아한다. 유명한 곳들도 가보지만, 동네의 골목골목, 번화한 간판들 뒤편에 가린 후미지고 주름진 곳들을 헤매고 다니는 시간이 더 많다. 난폭하고 성마른 자본의 개발로 사라졌다고 여겼던 것들, 그 잔존의 흔적들을 그런 이름 없는 장소에서 뜻밖에 발견하는 재미가 크기 때문이다. 물론 우리는 로컬리티가 상품으로 소환되는 시대, 로컬이 관념적으로 이미지화되는 시대를 살고 있다. 한때 로컬(지역)이 파시즘 따위의 강한 빛에 의해 억압된 것들, 배제되고 지워진 것들을 이르는 말이었다면, 이제 그것은 이렇게 문화적 자산으로서의 로컬, 브랜드화된 로컬, 즉 상품경제로의 편입을 도모하는 로컬이 되었다. 아이러니하게도 지금 우리는 로컬이라는 이름으로 로컬을 지우고 삭제하는 기이한 역설적 풍경을 마주하고 있다.

잘리고 가린 마을의 후미지고 주름진 골목들, 그 사이사이 오랜 세월 쌓인, 사람과 사물과 자연이 함께했던 시간의 겹들을 어떻게 들춰낼 수 있을까? 서로 상충하는 로컬의 역설이 던지는 질문에, 어떤 이는 '타자성'을 중심에 두고 시공간에 대한 근대적 동일성의 강박을 걷어내려는 담론들, 그 동일성의 기획으로부터 저항하고 탈주하며 자기 결정하는 '헤테로토피아적' 가능성에의 모색을 떠올릴 수도 있을 것이다. 또 다른 이는 '독점지대'라는 개념에 대한 분석을 통해 자본이 지역의 문화적 차이, 문화공유재를 상품화하는 과정의 모순 속에서 저항의 가능성과 희망의 계기를 찾고자 했던 데이비드 하비와 같이, 이미 모더니즘 내부에서 지속되어온 보편적 공간과 지역 사이의 모순적 결합 관계에 주목했던 이론적 고찰들을 떠올릴 수도 있을 것이다. 이러한 고찰들의 한계와 가능성을 염두에 두면서 미술사 연구자로서 필자는, 프랑스의 미술사학자이자 이미지 철학자인 조르주 디디-위베르만의 '자락'과 '잔존'의 이미지 개념을 통해 우회적으로 이 질문에 대한 사유의 틈을 아주 조금 열어보고자 한다. 다만 그 사유는 물리적 공간에서의 로컬에 관한 것이 아니라, 이미지 공간에서의 로컬(리티)에 관한 것이 될 것이다. 이러한 시도는 시대의 '강한 빛'에 잠식되지 않고, 그렇다고 그 자신이 또 다른 강한 빛으로의 상승을 도모하지도 않으면서, 결코 포기될 수 없는 의미를 간직하고 있는 로컬, 결코 사라질 수 없는 희망의 '미광'을 발하는 로컬의 가능성을 상상하기 위한 것이다.

2. 로컬의 이미지/'자락'의 이미지

디디-위베르만은 미술사에서 유명 작가들의 "걸작들을 당연히 살펴야 한다"고 말한다. 그러나 그는 "대중 축제, 유행 의상, 노숙자, 우표, 길거리의 인사법"과 같은 '주변의 것들' 또한 살펴야 한다고 덧붙인다.[4] 이 주변적인 것들을 사유하기 위해 미술사를 문화인류학의 영역으로 확장시킨 그는, 걸작의 경우에도 마찬가지로 그 안에서 배경을 이루는 것이거나 지엽적인 것에 주목한다. 1990년에 출판된 『프라 안젤리코. 비유사성과 형상화』[5]라는 책에서 그는 르네상스의 이 위대한 화가가 그린 유명한 그림들을 '자락'(pan)이라는 다소 생소한 개념을 통해 다시 들여다본다. 이 자락은 우

4 Georges Didi-Huberman, "L'invité. L'historien de l'art Georges Didi-Huberman", 이나라, 「인류학적 이미지와 형상적 섬광」, 『아시아영화연구』 제12권 제2호, 2019, 112쪽에서 재인용.

5 *Id., Fra Angelico. Dissemblance et figuration*, Paris: Flammarion, 1990, 1995.

리에게 좀 더 익숙한 '세부'(détail)에 어느 정도 상응하는 개념이지만, 일반적으로 그림의 전체와 의미론적 종속관계를 이루고 있는 세부와는 전혀 다른 차원에서 제안된 것이다. 디디-위베르만은 이 단어를 프루스트의 소설『잃어버린 시간을 찾아서』의 제5편「갇힌 여인」에서 소설가 베르고트가 죽음을 앞두고 페르메이르의 그림 〈델프트의 풍경〉을 마주하는 대목에서 가져왔다. 여기서 베르고트는 페르메이르의 풍경화 속, 강 건너 멀리 보이는 노란색의 작은 벽자락에 시선을 사로잡힌 채, 자신 또한 '묘사된' 벽이라는 사물의 일루전이 아닌, 모방의 형상을 찢고 출몰하는 순간의 물질처럼 글을 '써야' 했다고 한탄한다.[6]

디디-위베르만은 베르고트를 충격에 빠뜨리고 죽음에 이르게 한, '묘사된'(dépeindre) 세부가 아니라 '그려진'(peindre) 자락의 또 다른 예로, 같은 화가가 그린 〈레이스 뜨는 여인〉(1665)이란 그림 속 붉은색 자락에 주목한다.[7] 이 그

6 *Id.,(1990) Confronting Images. Questioning the Ends of a Certain History of Art*, trans. John Goodman, Pennsylvania: The Pennsylvania State University Press, 2005, pp. 244-248. 여기서 디디-위베르만은 미술에는 '묘사하기'(dépeindre) 이전에 '그리는'(peindre) 행위가 있다는 점을 상기시킨다. 그는 문학에서도 그에 상응하는 '묘사하기'(décrire)와 '쓰기'(écrire)가 존재하는데, 그 사이에서 번뇌하고 고통받았던 베르고트의 '갑작스러운' 죽음을 통해, 프루스트가 기의에 정박하지 못하고 부유하는 기표에 대한 불안과 공포에 대하여 말하고 있다고 보았다.

7 *Ibid.*, p. 252.

얀 페르메이르, 〈레이스 뜨는 여인〉, 1665

림의 다른 모든 요소(세부)들이 그림 전체에 통일성을 부여하면서 바느질을 하고 있는 여인을 묘사하는 데 기여하고 있다면, 이 여인의 오른편에 놓인 짙은 푸른색 쿠션의 이음새에서 흘러나온 붉은색 자락은 실타래를 표현한 것이라고 보기엔 어딘가 기묘한 방식으로 그려져 있다. 그것은 쿠션과 테이블보의 푸른색 배경과 보색대비로 인해 그림의 가시성의 질서를 어지럽히면서, 마치 그림 위에 우발적으로 혹은 무의식적으로 그려놓은 낙서처럼 그림 밖으로 겉도는 느낌을 준다. 따라서 그림 속에 묘사된 다른 사물들이 모방과 재현의 종합에 안정적으로 안착하고 있다면, 이 붉은색 실 자락은 우리가 보고 있는 것이 그림이라는 일루전이 아니라 캔버스라는 물질임을 '불현듯' 상기시켜주고 있는 듯하다.

디디-위베르만이 그림의 재현적 화면을 찢고 나온다는 점에서 벌어진 '틈'이자 '상처' 라는 의미의 'déchirure'라고 표현했던 이 자락들은 우리의 시선을 매우 강렬하게 사로잡는다. 그 강렬함을 더욱 대범하게 드러내고 있는 그림이 바로 이탈리아의 초기 르네상스 화가 프라 안젤리코가 1450년경 피렌체에 있는 산 마르코 수도원의 한 벽면에 그린 〈성스러운 대화〉라는 프레스코화이다. 이 그림에서 역시 디디-위베르만이 주의를 기울이고 있는 것은, 성모자와 이들을 양쪽에서 둘러싸고 있는 성인들이 재현된 상단부의 그림이 아니라, 그 아래 마치 그림을 떠받고 있는 좌대처럼 그려진, 관람자의 눈높이에 위치한 4개의 패널들이다. 다음은 디디-위베르만이 이 벽자락, 특히 왼쪽에서 두번째에 위치한 검붉은색의 패널에서 받았던 강렬한 인상을 적은 대목이다.

"…[안료의] 얼룩들이 흩뿌려진 붉은 프레스코 벽자락은 '팡' 소리를 내며 폭발하는 것만 같다. 불꽃이 터질 때 그 분

프라 안젤리코, 〈성스러운 대화〉, 1450년경

출의 흔적을 그대로 간직한 불꽃놀이처럼(안료는 비가 내리치듯 단번에 멀리서 뿌려졌다), 그 흔적이 하늘 위 멈춰선 별들의 성좌로 영원히 지속되었던 화려한 불꽃놀이처럼."[8]

---

8 *Id., Devant le temps. Histoire de l'art et anachronisme des images*, Paris: Minuit, 2000, p. 9. '팡'으로 발음되는 이 단어(pan)는 우리말로 '자락'이란 뜻 외에도 '물체의 면', 또는 비유적으로 '중요한 측면'을 의미한다. 또한 발음 그대로 충격이나 폭발에 의해 만들어지는 의성어로 쓰이기도 하지만, 이 의성어가 어떤 갑작스러운 동작, 혹은 생각이 갑자기 떠오르는 양상과 연관된다는 점에서 '갑자기', '돌연'이라는 의미의 부사로 사용되기도 한다. 프루스트의 소설에서 베르고트가 페르메이르의 그림 속 노란색 벽자락이나 디디-위베르만이 프라 안젤리코의 〈성스러운 대화〉의 붉은색 벽자락 앞에서 그러했듯, 중의적 의미를 갖고 있는 이 단어는 단순한 언어 유희의 차원을 넘어서, 지엽적이고 부차적

프라 안젤리코의 천부적 재능을 높이 샀던 르네상스 시대의 조르조 바사리 이후 '재현주의'라는 거대담론에 의해 정립된 서구 미술사학의 오랜 전통은 이 패널을 미메시스 패러다임을 거스르는 주변부 혹은 부차적 요소로 간주하고 고려의 대상에서 배재했다. 환영과 실재 사이를 위태롭게 가로지르고 있는, 대리석판의 외양을 모방한 듯하면서도, 그 무엇도 모방하거나 재현하지도 않는 벽자락과 그 위에 흩뿌려진 물감 자국들. 그림의 명료한 독해에 아무런 도움이 되지 않을 뿐만 아니라 오히려 방해가 된다고 여겨졌던 '비유사성'(dissemblance)의 장소. 디디-위베르만은 그림에서 전체와 세부의 유기적 통일성과 재현적 질서를 교란시키고 와해시키는 이질적 요소이지만, 오히려 이 부분을 그림에 '역동적 형상화'[9]를 가져올 수 있는 하나의 가능성으로 보고, 미술사 기술은 이 부분 또한 함께 헤아려야 한다고 말한다.

여기서 그는 '형상화'(figuration)라는 개념을 르네상스 시대 신학적 의미를 갖고 있었던 '형상'(figure)이란 단어와 같

인 부분이 신비스러운 공간을 향해 '갑작스레' 열어젖히는 '파열'과 '폭발'의 순간의 물리적 양상과 계시적 상황의 모순성과 복잡성을 동시에 직관적으로 전달한다.

9 박기현, 「현대 프랑스 시각 문화 이론 연구-조르주 디디-위베르만의 '징후의 미학'을 중심으로」, 『인문과학연구』 제47호, 2015, 209쪽.

은 맥락에서 사용하고 있다. 당시 이 단어는 지금의 용법과는 달리, 오히려 "외양에서 멀어지고…유사성을 벗어나는 우회"[10]를 가리키는 말이었다고 한다. 디디-위베르만은 성모의 수유나 도유 의식 등 신성한 행위를 상기시키는 이 패널 부분의 물감 자국이 성서에 적힌 이야기의 신비한 영적 의미를 그런 맥락에서 형상화한 것이라고 보았다. 말하자면 형상화란 비유사성의 존재가 유사성의 체계와 관계를 맺음으로써 직접적으로 '육화'(incarnation)하는 '과정'을 말한다. 색채와 볼륨으로 만들어지는 과정, 부재하는 신이 현시되는 경로로서 이 '형상화하는 형상'(figure figurante)은 도상해석학적 방식으로 형상을 상징적 의미의 틀에 가둠으로써 이미지의 실행중인 '행위'를 제한하는 모든 시도에 저항한다.[11] 프라 안젤리코의 그림 속 자락들처럼 그것은 비유사성을 허용함으로써 신성을 모호하지만 '부정적인' 방식으로 드러낼 수 있게 한다. 따라서 이 그림에서 유사성은 아이러니하게도 그것을 파괴하는 비유사성에 의해 오히려 그 내적 본질에 보다 근접하게 된다고 말할 수 있다. 형상화는 결국 유사성과 비유사성 사이를 지속적으로 오가며 변증법적 관계를 생산하는 일이 된다.

---

10 Georges Didi-Huberman, *Fra Angelico, op. cit.*, p. 12.

11 박기현, 앞의 글, 206-207쪽에서 재인용.

여기서 그는 파노프스키의 도상해석학이 다루는 보편적으로 독해가능한 기호들로 구성된 '가시적인 것'(le visible)의 표면 아래, '시각적인 것'(le visuel)의 영역을 제시한다.[12] 이것은 통상적 의미에서 재현의 영역에 속하는 전자와는 달리, 그 또한 가시적인 것이면서도 결코 재현될 수 없는, "물[리적] 현존이면서도 일종의 교란, 착란, 흔적", 다시 말해 유일하고 특별한 사건으로 남아 있는 것을 말한다.[13] 우리가 이미지에서 시각적인 것에 관심을 기울여야 하는 이유는, 바로 그 의미 작용이 항상 지연되고 갈등을 불러일으키는, 따라서 우리를 혼란스럽고 불안하게 만드는 이 시각성의 영역에서 가시성의 차원만으로는 해결되지 못하는 또 다른 '가능한 의미들의 증폭'이 이루어지고 새로운 가독성이 만들어

---

12 *Id., Devant l'image. Questions posées aux fins d'une histoire de l'art*, Paris: Minuit, 1990 참고할 것. 디디-위베르만에 의하면, 파노프스키는 도상학의 창시자였던 바르부르크의 흔적을 지우고 자신의 스승이 중요하게 탐구했던, 이미지에서 원초적이고 무의식적이며, 모순적이고 비합리적 측면들을 무시한 채 모든 것이 의식의 수준에서 연역적, 추론적 방식으로 이해될 수 있는 상징적 의미를 구축하고자 했다. 디디-위베르만은 파노프스키의 도상해석학에서 이렇게 이미지를 언어에 종속시키고, 미술을 관념의 단순한 반영으로 위계 지으려는 근대미술사학의 궁극적 모델을 발견한다. 보다 상세한 내용은 디디-위베르만의 『잔존하는 이미지—바르부르크의 미술사와 유령의 시간』, 김병선 옮김, 새물결, 2022를 참고할 것.

13 박기현, 앞의 글, 215쪽 참조.

질 수 있다는 데 있다.[14] 이것은 이미지를 명확하고 논리적인 언어에 종속시키고 실증적 지식의 체계하에 두기 위해 그 존재를 무시했던 도상해석학의 이상주의적 기획과는 달리, 이미지의 두께, 그 불투명성과 불확정성을, 혹은 비지적이거나 낯선 측면을 인정하는 것이다.

3. 이미지의 로컬/이미지의 '잔존'

존더코만도가 1944년 유대인 학살 장면을 찍은 사진

위의 이미지는 아우슈비츠-비르케나우에서 '시체처리반'으로 분류됐던 존더코만도가 1944년 8월, 치약 튜브에 몰래 숨겨 가지고 나온 필름을 원본 그대로 인화한 4장의 사진이다. 이제 우리는 '순수' 미술사를 넘어 문화인류학적 차원으로 확장된 영역에 있다. 이러한 확장은 디디-위베르만의 일

14 *Ibid.*, p. 28.

련의 연구에서 아마도 처음부터 예견돼 있었던 것으로,[15] 앞서 살펴본 페르메이르와 프라 안젤리코의 회화에서 부재하는 신성의 '자락'처럼, 은폐되고 억압된 것들의 출현을 포착하고 그 '증상'(symptôme)—프로이트의 정신분석학적 개념으로서의—을 읽어내는 일이 모든 종류의 이미지에 공통적으로 중요하다는 것을 의미하게 될 것이다.

디디-위베르만은 2001년 파리의 오텔 드 쉴리에서 열렸던 《수용소의 기억》이란 전시의 도록에 이 4장의 사진을 분석한 글을 「모든 것을 무릅쓴 이미지들」이라는 제목으로 수록했다.[16] 그는 이 사진들과 같은 역사의 기록 이미지를 '잔존'(survivance)의 이미지로 묘사한 바 있다.[17] 바르부르크로

---

15 *Id.*, *Invention de l'hystérie. Charcot et l'Iconographie photographique de la Salpêtrière*, Paris: Macula, 1982 참고할 것.

16 해당 글은 2004년 같은 제목으로 출판된 그의 책 *Images malgré tout*(Paris: Minuit, 2004)의 제1부에 포함되어 있다: [국역본] 조르주 디디-위베르만, 『모든 것을 무릅쓴 이미지들』, 오윤성 옮김, 레베카, 2017. 이 글은 *Le monde*와 *Les temps modernes* 등의 저널을 중심으로 이미지를 통한 역사적 사건에 대한 기억, 그것을 다룬 이미지의 상투화와 그 증거 능력의 한계, 그리고 역사가들을 포함한 우리 모두의 이미지에 대한 인식론적, 윤리적 태도 등의 문제를 둘러싸고 격렬한 논쟁을 불러일으켰다. 보다 자세한 내용은 박기현의 논문, 「이미지를 통한 역사의 독해가능성 연구: 조르주 디디위베르만의 『그럼에도 불구하고 이미지들』을 중심으로」, 『프랑스문화연구』 제43집, 2019, 309-353쪽을 참고할 것.

17 *Ibid.*, p. 63. 바르부르크의 '잔존' 개념에 관한 보다 자세한 내용은 디디-위베르만이 오텔 드쉴리에서의 전시 이듬해 출판한 *L'Image survivante*.

부터 가져온 이 개념은 디디-위베르만의 이미지론의 중추를 이루는 핵심 개념들 가운데 하나이다. 바르부르크는 '고대의 잔존'(Nachleben der Antike)을 통해 이미지는 어느 순간 생성되고 소멸하는 것이 아니라, 다양한 요인들에 의해 변형을 겪으며 '시대착오적으로' 잔존한다는 것을 규명하고 그 본질적 의미를 이해하고자 했다. 고대의 "위대함과 쇠퇴라는 시간적 모델"에 의해 조직된 근대미술사학의 기획 속에서 방기되고 은폐됐던,[18] 그럼에도 여전히 잔존하는, 이를테면 이탈리아의 르네상스나 중세의 기독교 미술 속 고대 이미지의 이교적 흔적들처럼, 이 4장의 사진 이미지들 또한 나치의 절멸 기획에도 불구하고 잔존하는 이미지이다. 이미지가 잔존한다는 것은 과거에 만들어진 이미지가 기록소나 박물관의 유리관 속에 사료로 보존되어 있거나 그것이 자신의 역사적 의미 해독을 기다리고 있다는 뜻이 아니라, 현재의 시간에도 여전히 살아남아 현재의 시간성에 어떤 작용을 한다는 것을 말한다. 그것은 또한 역으로 그렇게 매번 갱신되는 현재에 의해 과거의 시간성 또한 달라질 수 있음을 의미하기도 한다. 이런 맥락에서 잔존하는 이미지는 벤야민이 말한 '변증

Histoire de l'art et temps des fantômes selon Aby Warburg(Paris: Minuit, 2002)를 참고할 것: [국역본] 조르주 디디-위베르만, 『잔존하는 이미지』, 김병선 옮김, 새물결, 2022.

18 *Ibid.*, pp. 17-18.

법적 이미지'라고 할 수 있다.

이 4장의 사진은 4만여 점의 사진들—매우 잘 정비된 청결하고 쾌적한 전쟁 포로 수용소의 모습을 보여주는—로 구성된 나치의 아카이브에 비하면 지극히 단편적인 자료에 불과하다. 이렇게 지엽적이고 주변적인 요소로 그저 반딧불이처럼 '미미한 빛'을 발하며 잔존하는 이미지를 어떻게 가시화할 것인가? 한 파편에 지나지 않는 이미지로 아우슈비츠에서의 끔찍한 학살의 시간과 역사를 어떻게 "가독적인 것으로 만들"(rendre lisible) 것인가? 이 질문에 대하여 디디-위베르만은 특정 관점이나 목적에 부합하도록 사진을 임의로 수정하거나 조작하지 않고, '상상력'을 동원하여 '현상학적' 방법으로 원래 상태의 사진을 있는 그대로 바라볼 것을 제안한다. 먼저, '이미지'(image)와 동일한 어원학적 뿌리에서 파생된 단어인 '상상력'(imagination)은 문자 그대로 "이미지가 형성되는 과정"[19]을 의미할 뿐만 아니라, 무엇보다 "상응하는 복수의 형태들"을 서로 접목시키고 충돌하게 만드는 몽타주의 행위를 가리키기도 한다.[20] 존더코만도의 이 4장의 원본 사진은 다른 수많은 포로 수용소 사진들과 함께, 혹은 상투적인 공포심을 조장하기 위해 원본을 변형한 사진과 함

19 https://www.artpress.com/2010/11/22/georges-didi-huberman-atlas-comment-remonter-le-monde

20 *Id., Images malgré tout, op. cit.*, p. 151.

께 잠재적 몽타주를 구성한다. 같은 원본 사진 속 '가시적인' 부분과 '비가시적인' 부분 역시 마찬가지이다. 그리고 '현상학적' 방법으로 사진을 본다는 것은, 사진 이미지의 가시적 정보뿐만 아니라 모든 비가시적 요소 또한 함께 고려하고, 이 사진 이미지와 관련된 또 다른 증언, 기록 등과 같은 모든 자료들 역시 함께 고려하여, '상상력'을 통해 이 사진들이 촬영됐던 시간과 장소의 특수한 상황과 그 상황 속에 실제 놓여 있었던 사진가의 특수한 조건 등에 최대한 가까이 다가가는 것을 말한다.[21] 이런 방식으로 디디-위베르만은 이 4장의 사진에서 아무것도 보이지 않는 '검은 덩어리'(masse noire)에 주목한다. 이 비가시성의 어두운 영역은, 아무것도 보여주지 않기에 무의미한 것으로 간주되어 상대적으로 명확히 보이는 가시적 정보, 즉 밝은 빛 속에서 시체들을 소각하는 장면만을 부각시키기 위해 원본 필름을 인화할 때 종종 잘려 나갔던 부분이다. 디디-위베르만은 이 부분을 '시각적 자국'(marque visuelle)이라고 부르면서, 마치 페르메이르와 프라 안젤리코의 '자락들'처럼, '역설적'이지만 오히려 '참된' 진실을 함축하고 있는 '시각적인 것'의 영역에 해당한다고 보았다.[22]

---

21 *Ibid.*, p. 57, pp. 143-144 참조.

22 *Ibid.*, p. 52; 56.

그렇다면 이 영역에는 어떤 의미가 숨겨져 있는가? 디디-위베르만은 이 부분이 당시 사진이 촬영됐던 장소인 어두운 가스실의 내부 공간임을 '지시하는' 또 다른 층위의 지표라는 점에서, 이것을 카메라의 '암실'(chambre obscure)에 대응시킨다. 이 부분은 바로 존더코만도가 목숨을 걸고 몰래 숨어들어 사진을 촬영할 수 있었던 '가능성의 공간'으로서, 이 사진의 존재 자체에 필수적이고 필연적인 조건에 해당한다.[23] 또한 이 부분은, 또 다른 2장의 사진에서 불안하게 기울어지고 초점이 빗나간 나뭇가지들의 검은 실루엣과 함께, '모든 것을 무릅쓰고' 매우 위급한 상황 속에서 은밀히 수행됐던 사진 촬영의 과정을 있는 그대로 '지시하고' 있는 지표이기도 하다. 그것은 나치가 획책했던, 홀로코스트에 대한 모든 기록과 기억의 완전한 말소, 그리하여 그런 일이 일어났다는 사실을 상상조차 할 수 없게 만드는 '비상상화'(desimagination)의 전략에 맞선 '저항의 행위'를 의미한다.[24] 따라서 이 사진 이미지는 '부적합'하고 '부정확'해 보이지만, '필수불가결'하고 '참된' 이 부분을 함께 고려해 당시의 상황을 '상상'할 수 있을 때 역사에 대한 균형 잡힌 이해에 이르게 될 것이다.[25]

23 *Ibid.*, p. 52.
24 *Ibid.*, p. 65.
25 *Ibid.*, p. 56.

4. 로컬의 '부정성'/이미지의 역능

로컬만큼 변화무쌍하면서 복잡한 겹과 주름들로 이루어져 있는 것이 있을까? 어느 지점에 위치하느냐에 따라 모든 것이 로컬이고 로컬이 아니기도 하다. 같은 로컬 안에서 또한 어떤 한 부분은 또 다른 부분의 로컬이 되기도 한다. 이 또 다른 부분은 또 또 다른 부분의 로컬이 될 것이다. 이렇게 서로 위계를 달리하며 분화된 각각의 로컬들은 저마다 각자의 고유한 역사를 갖고 있으면서 동시에 서로 겹치고 이어지며 같은 역사를 공유하기도 한다. 그리고 온갖 종류의 권력관계, 이해관계의 충돌이 로컬의 경계에서, 그 내부의 또 다른 경계에서 끝없이 다른 양상으로 벌어진다. 일반적으로 동의될 수 있는 수준에서 이 나열을 멈춰야 할까? 그 중단의 지점에 대한 합의가 가능하긴 한 것일까? 이 자리매김의 상대적 가변성, 무엇의 주변이자 그 자신이 중심일 수 있는 임의적 위상 변화는 로컬의 규정을 어렵게 만든다. 물론 이러한 어려움이 로컬이라는 개념을 미궁 속에 가둬놓는 것은 아닐 것이다. 오히려 이는, 정량화되어 측정 가능한 가치를 지닌 고정된 실체로서의 로컬, 문화적 자산이나 브랜드가 된 로컬에 저항하여, 언어에 포착되지 않고 언어의 바깥으로 밀려난 온갖 지역적, 지엽적, 개별적 삶의 시간과 역사를, 그 존재 자체를 증언하는 역동적인 '부정성'을 가리키고 있다. 그것은 모든 것을 상품으로 만들고자 하는 자본주의의 기획에 의해서든 혹은 자본과 결탁한 행정 관료주의의 기획에 의해서든, 상투화되고 천편일률적이 되어버린 지역 이미지의 파사드에 밀려 더 깊고 어두운 주름 속으로 들어갔지만, 그럼에도 사라지지 않은, 로컬의 이름 붙일 수 없는 이름을 지시하는 부정성일 것이다. 그렇다면 우리는 이러한 부정성을 어떻게 조직하고, 재구성할 수 있을까?

앞서 존더코만도의 4장의 사진을 우리는 '비관주의의 조직'[26]을 역설한 벤야민의 변증법적 이미지와 연결지었다. 벤야민이 "오직…진정한 이미지"라고 했던 이 변증법적 이미지는 어떤 한순간, 보다 정확히는 '위기'의 한순간 '멈춰선' 상태 그대로, 다른 이미지와 충돌하면서 '섬광'을 발하는 것이다.[27] 『인민이란 무엇인가』에 수록된 텍스트에서 디디-위베르만은 시각적인 것을 변증법화해야 한다는 벤야민의 주장에 의거해 '다른 이미지들'의 영토를 개척해야 한다고 역설한다.[28] 그것은, 실증주의 미술사학의 기획이나 전체주의 파

---

26 Walter Benjamin, "Paralipomènes et variantes des 'thèses sur le concept d'histoire'", trad. J.-M. Monnoyer, in W. Benjamin, Écrits *français*, Paris: Gallimard, 1991, p. 350.

27 *Id.*, *Paris, capitale du XIXe siècle—Le Livre des Passages*, Paris: Éditions Cerf, 2006, pp. 479-480.

28 조르주 디디-위베르만, 「감각할 수 있게 만들기」, 『인민이란 무엇인가』, 서용순 외 옮김, 현실문화, 2014, 109쪽.

시즘의 기획에 의해 전면화된 이미지들에 밀려나 망각되고, 은폐되고, 억압된 이미지들을 말한다. 진정한 이미지에 대한 사유는, 이 전면적 이미지의 벌어진 틈 사이로 억압된 것들이 '얼핏' 나타났을 때 그것을 포착하고, 그 나타남의 증상을 '형상화'함으로써 그것에 '가독성'을 부여할 때에야 가능한 것이다. 이렇게 변증법적 이미지와 디디-위베르만의 '잔존'의 이미지가 연결된다. 디디-위베르만은 왜곡과 굴절, 망각의 틈새를 뚫고 희미한 미광으로 얼핏 나타나는 잔존의 이미지를 포착하기 위해서는 '지진계의 바늘'과 같은 미세한 감지 능력이 필요하다고 말한다.[29] 이러한 변증법적 이미지의 가치는 어떤 절대적 진실이나 절대적 거짓을 밝히는 데 있지 않다. 그것은 일테면 몽타주의 방식으로 이질적인 시간과 공간, 가시적인 것과 비가시적인 것, 안과 밖의 충돌 속에서 자신의 '위치를 취함'(prise de position)으로써 기존에 주어진 일방적 독해를 방해하고 해석을 개방한다는 데 있을 것이다. 전면적으로 제시되는 로컬의 이미지 틈새에 잔존하는 로컬에 대한 사유 역시, 이러한 '다른 이미지들'의 영역에 대한 탐색, 비둘기 발자국 소리를 듣는 미세함, 가시적인 것에 대한 일방적이고 피상적인 독해에 대한 거부, 그리고 이질적인 시간과 공간, 가시적인 것과 비가시적인 것, 안과 밖의 충

29 Georges Didi-Huberman, *L'Image survivante, op. cit.*, pp. 169-190.

돌에 대한 변증법적 사유를 필요로 한다고 할 수 있다.

또한 끊임없이 전체화하는 전체, 체계화하는 체계, 언어화하는 언어, 질서화하는 질서로부터 벗어나 주변과 지엽에 놓여있는 '자락', 체계와 언어와 질서를 교란하고 착란시키는 '흔적'으로서의 '자락' 역시 로컬의 부정성에 대한 사유와 연결된다. 자락은 모방의 장막을 찢고 그 물질성을 불현듯 상기시키며, 재현적 전체의 의미론적 구속으로부터 벗어나 그림의 전체성, 종합성이 하나의 환영에 지나지 않음을 드러낸다. 자락은 전체와 세부의 유기적 통일성과 재현적 질서를 교란시키고 와해시키는 이질적 요소로서, 하나의 틈이자 상처로 파열하며 갑작스레 신비를 열어젖힌다. 자락은 단지 그림의 통일성과 질서를 교란시키고 와해시키는데 머무는 것이 아니라, 그림의 재현적 유사성의 한계를 넘어 그 내적 본질에 더욱 근접하게 한다. 비유사성이라는 부정성을 통해 역설적으로 신성이 드러나는 이 과정을, 디디-위베르만이 비유사성의 존재가 유사성의 체계 내로 들어와 '육화'되는 '과정'이라고 말할 때, 그것은 '육화'(incarnation)와 '살색'(carnation)의 관계를 논했던 장-뤽 낭시의 '몸'에 대한 사유와 연결된다. 『코르푸스』에서 낭시는 '국지적 존재'(l'existence locale)로서의 몸의 존재론을 말하며, 그때의 국지적이라는 말, 즉 로컬(locale)이 '지방색'(couleur locale)이자 살색, "살갗의 사건 또는 실존이라는 사건이 일어나는 자리로서의 살갗"을 일컫는다고 덧붙인다.[30] 디디-위베르만이 자락을 물질과 신성이라는 반대 방향으로의 운동으로 설명하고 있듯이, 낭시는 신의 드러남으로서의 몸과 스스로를 변형하며 생성하는 질료로서의 몸, "모든 존재-신학으로부터 완수된 본질로 환원"되지 않는 다수성으로서의 몸을 연결시킨다.[31] 낭시는 전통 형이상학이 자기 완결적, 자기 충족적이라고 여겨왔던 단독자로서의 몸에 대해, '자기 바깥으로서의 존재'(l'être hors de soi)인 몸을 대비시킨다. 그에 의하면 몸은 언제나 바깥에, '바깥을 향해'(Ex-istence), 바깥의 일부로 있으며, '바깥을 향해-있는' 행위 그 자체이다.[32] 디디-위베르만의 '자락'이 비유사성의 존재가 남긴 신의 지문과 같은 것이라고 말할 수 있다면, 우리는 낭시를 참조하면서 우리의 피부에 새겨진 지문에 대해 다음과 같은 사유를 전개할 수 있을 것이다. 지문은 나의 동일성(identity)을 증명하는 것이면서, 동시에 내가 결코 개입할 수 없는 나의 바깥 영역, 타자의 영역, 신의 영역에 속한 것이기도 하다. 지문에서 나와 신, 타자는 삼각형을 그리며 하나로 연결된다. 우리가 로컬에서 찾고 있는 것을 그곳에 새겨진 우리의 지문, 우리의 몸

---

30 장-뤽 낭시, 『코르푸스—가장 멀리서 오는 지금 여기』, 김예령 옮김, 문학과 지성사, 2012, 19-20쪽 참조.

31 같은 책, 86-87쪽 참조.

32 같은 책, 22쪽과 127쪽 참조.

이라고 본다면, 로컬은 하나의 언어, 중심, 안으로 동화될 수 없는 바깥 존재가 곧 우리의 존재론적 본질임을 자각할 때, 전체의 유기적 통일성과 재현적 질서를 찢고 나오는 하나의 틈이자 상처로 드러날 것이다.

5. 나오며

그러므로 로컬의 부정성은 이와 같이 조직될 것이다. 언어, 체계, 로고스, 동일성을 부여할 수 없는 존재로서, 집합 지을 수 없는 집합으로서, 무리 지을 수 없는 무리의 그 이름 붙일 수 없는 공존으로서. 그것은 끝없는 열거에 의해 하나의 약속으로 건네줄 뿐인 "전체화할 수 없는 전체"[33]라고 할 수 있을 것이며, 민중들의 개별적 삶을 하나도 누락시키지 않는 벤야민의 불가능한 역사 기술의 기획이라고 할 수도 있을 것이다.[34] 그런데, 우리는 왜 이러한 부정성과 불가능성 속에서 가까스로, 위태로운 길을 통해 기어이 로컬에 이르고자 하는 것일까?

이 질문 앞에서 필자는 디디-위베르만이 『민중들의 이미지』에서 다루고 있는 두 편의 영화를 떠올린다. 하나는 왕

33 같은 책, 100쪽과 182쪽 참조.

34 조르주 디디-위베르만, 『민중들의 이미지』, 43-44쪽 참조.

빙의 〈이름 없는 남자〉이다. 이 '이름 없는 남자'가 살아가는 그 불모의 공간, 익명의 공간, 누구의 것도 아니고, 누구나의 것이기도 한 어떤 이름 없는 황무지에서의 로컬리티를 도대체 무엇이라고 해야 하는가? 우리는 여기서 로컬의 영도를 마주하게 된다. 그것은 그저 이름 없는 한 사람의 생존의 흔적일 뿐이다. 거기 바로 그가 살고 있다는, 살아 있었다는, 그 삶의 너무나도 개별적인 흔적, 자국, 숨결, 냄새…. 그리고 로컬의 잔존을 누구보다 사랑했던, 끝내 죽음에 이르도록 사랑했다고도 말할 수 있을 파솔리니의 〈아카토네〉를 떠올린다. 거기서 우리는 가장 극렬하고 뜨거운 로컬을 목도한다. 찢기고, 불화하며 땅바닥에 나뒹굴고 있는 로컬. 한 사람 안에서조차 분열하는 로컬. 우리는 왜 그 영화를 보고 감동하는가? 그것은 언어를 넘어서, 동일성을 넘어서, 그 삶의, 실존의, 몸뚱이의, 영혼의 있는 그대로를 송두리째 끌어안는 모습을 보기 때문이다. 보는 즉시 그것이 바로 우리가 언젠가 체험했거나, 체험해야 할 진정한 사랑의 모습이라는 것을 느끼기 때문이다. 로컬의 위기와 함정 속에서, 절망 속에서 끝내 로컬을 사유해야 할 이유를 이 두 편의 영화를 통해 생각해본다. 그것은 무한히 멀어지는 움직임을 통해서만 비로서 우리의 것이 되는, 그럼에도 이미 이 세계의 세계성의 핵심을 이루고 있는, 이미 전체를 이루고 있는, 그러므로 끝내 사라지지 않고 결코 사라질 수 없는, 사라진 듯이 보여도 끊

임없이 다시 나타나는, 그러나 끝내 이름 붙일 수 없는….[35]

35 이 글의 4장과 5장은, 필자가 동료 연구자 김창조와 함께 현재의 로컬 담론과 디디-위베르만의 이미지론에 대한 각자의 관점을 주고 받는 방식으로 쓰인 일종의 몽타주적 텍스트이다. 이를 통해, 제한된 조건 속에서, 서로의 차이를 응시하면서 대화를 지속시킬 수 있는 사유의 방식을 실험하고자 했고, 로컬에 대한 사유의 동질성 사이로 벌어진 작은 틈새들을 가시화하고자 했다.

여문주
전남대학교 소속 학술연구교수로 1980년대 민중미술과 결합한 사진적 실천들에 대하여 연구하고 있다. 최근, 디디-위베르만의 『민중들의 이미지』를 번역했다.

∮ 소설

도항

조갑상

1

구명정과 고무보트들이 모선에서 떠나갔다. 바다가 잔잔해서 노질이 속도를 내고 있었다. 갑판에 모여 조금씩 멀어지는 구명정들을 바라보고 있는 사람들의 마음은 어수선했다. 승객들을 두고 선원들이 떠나고 있으니 온갖 생각을 다 할 수밖에 없었다. 김상구와 회사사람들도 그랬다.

불안은 갑판에서 쪽잠을 자다 깬 둘째 날 아침부터 시작되었다. 이틀 밤낮을 달린 배가 여태 육지를 옆구리에 끼고 있었다. 첫날에는 그게 항로일 수도 있겠다 싶었지만 지금은 아니었다.

"이렇게 남쪽으로 주욱 내려가다 거기서 현해탄을 건너나?"

"배는 직선으로 가야 맞지. 기름도 아끼고."

"그렇지. 속도가 늦다 해도 지금쯤은 바다 한복판으로 나와야지."

"그나저나 전쟁이 끝난 판에 항복한 나라에서 이리 큰 배를 출항시켜도 되나? 하늘에 비행기는 안 보이지만 그런 생각도 드네."

"미군 비행기가 어쩔까 싶어서 무섭나? 그런데 막상 그 말 듣고 보니 우리 배만 출항한 것 아닌가 걱정도 된다. 이때까지 다른 배는 한 척도 못 봤잖아. 이런 얘기도 배타기 전에 해야지 지금 하면 뭐 하냐만."

그런 말이 오가는 동안에도 배는 줄곧 같은 방향으로만 가다 오후 늦게는 좌우로 육지가 보였다. 배가 양쪽으로 육지를 끼고 간다는 것은 바다가 해안선에 둘러싸였다는 소리인데 처음 보는 곳이었다. 모두가 도항을 해보았기에 이곳이 부산은 물론 시모노세키도 아닌 낯선 곳이라는 건 한눈에 알 수 있었다. 갑판이 다시 수런거렸다. 출항할 때만 해도 주된 관심사는 승선 인원과 부산항 도착 날짜였지만 이젠 배가 제대로 가고는 있느냐, 단 하나였다.

해안선이 가까이 나타나면서 선원들도 가끔 보여 승객들이 그들에게 물었다.

"여태 일본이지요? 왜 부산으로 바로 안 가요?"

모른다고 외면하는 선원들이 대부분이지만 어떤 이들은 "기뢰 때문이 아닐까? 거기도 기뢰, 여기도 기뢰야."라거나

"식수가 부족해."라고 말해 주기도 했다. 그리고 배의 속도가 표 나게 느려지더니 얼마 되지 않아 완전히 멈추어 섰다. 놀라운 일은 그때부터 벌어졌다. 나팔소리가 갑자기 울리더니 선상의 두 개 층 선실에서 선원들이 갑판으로 쏟아져 나왔다. 그들은 재빨리 좌우현 모든 곳의 구명정들을 에워싸고 통로를 확보했다. 구명정 가까이에 모여 있던 승객들은 빗자루에 쓸리듯 멀리 밀려났다. 해군 소속 선원들이기에 행동은 일사불란하고 일부는 무장까지 하고 있었다. 하사관이 어리둥절한 승객들 앞에 나섰다.

"일부 우리 선원들을 이곳 주둔 해군과 교체하라는 명령을 받았다. 부산항에 깔린 기뢰 때문이다. 부족한 식수도 채우고 다시 출항할 것이니 여러분은 안전하게 기다려주기 바란다."

그들은 구명정이 내려지는 곳마다 같은 말을 하고는 빠르게 퇴선했다. 그리고 지금, 그 구명정들이 멀어져가고 있는 것이다.

김상구는 장사장을 찾았다. 바다를 바라보는 장사장의 얼굴은 어두웠다. 눌러 쓴 파나마모자와 늦은 여름해가 만든 그림자 때문만은 아니었다.

"사장님. 뭔가 수상하지 않습니까?"

"그렇지? 선원을 교체한다면서 엔진은 왜 꺼? 다시 가동하는 데 기름이 더 들 텐데."

장사장에 이어 다른 일행들도 나섰다.

"부산항 기뢰는 거기서 조처를 하면 되지 왜 여기서 선원을 바꿔? 그것도 말도 아니지요."

"일부가 아니고 다 내린 거 아닐까요? 고무보트까지 비좁게 끼어 타고 갔으니 말입니다. 그렇다면 일본 군인들이 자기네들 배에 우리 조선 사람들만 두고 갔다는 소리 아닙니까."

누군가 좀 더 실감나는 소리를 했다.

그때 김상구는 두어 시간 전에 만났던 선창의 아내와 아이들을 떠올렸다. 제 아버지 곁에 서서 어른들의 말을 듣고 있는 장사장의 아들이 눈에 띄었기 때문일지도 몰랐다. 배를 타기 전부터 감기로 고생하고 있는 막내의 얼굴은 창백했다. 그는 목에 두른 수건으로 아이의 이마에 솟은 땀을 훔치며 명아야, 아빠다라고 불러 눈을 뜨고 살짝 웃는 얼굴을 보았다. 아내는 열은 그만한데 먹은 게 없다고 걱정했다. 잠을 설친 데다 통풍이 시원찮아 아내도 힘들어 보였다.

"조금만 더 가면 내릴 테니 참아봅시다."

"대련님도 잘 계시지예?"

"그래, 배를 탔으니 다 됐지."

아내가 안부를 물은 동생은 자기가 속한 징용부대원들과 중갑판 쪽에 자리 잡았는데 승선 직후 딱 한 번 얼굴을 보았다.

"아빠, 덥다. 아빠 따라 나갈래."

다섯 살 아들이 짜증을 부렸다. 김상구는 어쩔까 하다 말했다.

"위엔 사람도 많고 볕도 뜨겁다. 해 지면 가자."

김상구는 아들을 안아준 뒤 말없이 동생 곁을 지키는 큰 딸의 손을 한 번 잡아주고 일어났다. 장사장 가족부터 회사 가족들이 옹기종기 모여 앉았거나 늘어져 누워 있었다. 그는 계단을 한참 올라 다시 갑판으로 나왔다.

배를 탈 때부터 조선인들은 선창과 갑판으로 나누어졌다. 처음에는 모두 선창에 자리 잡았다가 인원이 늘어나자 여성과 아이들은 선창에, 남자들은 대체로 갑판에 배치받았다. 배 밑바닥의 짐칸과 하늘 아래 노출된 갑판이 거대한 임시숙소가 된 것이다. 갑판은 층으로 나누어져 있는 데다, 천막을 씌운 함포를 비롯한 무기와 일반 시설물들로 복잡한 구조였다. 그런 곳에 사람과 짐이 넘치니 비집고 다니기가 만만찮아 대개는 제자리에서 머물고 있었다.

"저쪽, 갈매기 날아가는 저기가, 마을이지요?"

그때 눈 밝은 누군가가 팔을 뻗으며 말했다.

"그래 가깝네. 근데 도대체 여기가 어디야?"

"누가 선원한데 들었는데 관서 지방 어디쯤이 아닐까 그러더래."

"사십 시간이나 걸려 아직도 일본땅이라니 말이 되는 소리가?"

그런 얘기 뒤에 직원 중 연배가 가장 높은 주경식 영감이 나섰다.

"사장님. 우리만 두고 도망간 거 아닐까요?"

"도망?"

"등 보이는 게 그러네."

장사장에 이어 누가 말했다. 홋카이도 탄광에서 죽을 고생을 했다는 친구였다.

"저 사람들 언제나 우리 앞에 서서 명령하고 욕하고 때리고 그랬잖소. 그런데 등 보이면서 죽어라 노질하고 가는 거 보니 기분이 이상하네."

김상구도 그랬다. 몇 달 전, 일본인에게 당한 모욕이 떠오르는데 주경식 영감이 말했다.

"그래. 그건 맘이고. 지금 당장 닥친 거 생각하면 이상한 기 한둘이 아니지. 이해도 안 가고 수상하잖아. 15일 그날부터 한번 뒤집어 보자꼬."

주 영감 말이 무엇에 쫓기듯이 빨랐다. 사람들은 저마다 눈을 빛내며 뒤숭숭했던 그 며칠을 헤아렸다. 동생까지 동승한 김상구로서는 좀 더 앞 시간부터 따져보아야 했다.

2

지난 4월 말, 김상구는 아침부터 서둘러 역으로 갔다. 오래 미루어오던 동생 면회라 설레기도 하면서 긴장도 되는 걸음이었다. 기차를 한 번 갈아타고 도착한 역에서 부대까지는 걸어서 갔는데 날씨가 그날따라 제법 더웠다. 한 시간 남짓 걸어 정문에 이르자 툭 트인 평지가 눈길 가는 데까지 펼쳐져 있었다. 이미 다른 곳에서 비행장 활주로 공사장을 보았기에 아주 낯선 풍광은 아니었다. 문 앞에 보초는 보이지 않고 사무실처럼 제법 너른 초소 안에서 말소리가 들렸다.

"내가 감독님과 함께 보초를 서다니 영광입니다."

"밑에 애들도 쉴 땐 확실히 쉬어야지. 하루 정도 수고는 괜찮아."

"통 크게 선심을 쓰시는구나. 하하."

김상구는 웃음이 끝나길 기다렸다가 열린 문으로 들어섰다. 실내에는 군인과 감독이라 불린 민간인이 나무 의자에 앉아 있었는데 사십 줄의 비슷한 연배였다. 김상구는 누런 국민복 저고리에 당꼬 바지 차림의 감독에게 신경이 쓰였지만 자기가 찾은 곳은 군부대라는 생각으로 군인에게 신분증과 통행증을 보여주었다.

"저는 동생을 만나러 온 가네야마입니다."

신분증에는 스와가라조 하청-우성사 직원 가네야마 상구라고 쓰여 있었다. 국가에서 실시하는 공사의 용역업체를 조(組)라고 부르니 스와가라는 본청이고 우성사는 그 밑의 하청업체 중 하나였다. 가네야마는 김에다 뫼 산자를 더해 문중에서 정한 일본식 성씨로 한자는 金山으로 썼다.

"면회? 동생이 조선 징용공이요?"

이런 경우가 처음인지 조금은 놀란 표정으로 군인이 되물었다. 두발과 수염을 단정하게 깎지 못한 군인은 자신이 사는 지역에서 복무하는 보충역으로 보였다.

"네, 그렇습니다."

"이름이 뭐요?"

"가네야마 석구입니다."

"신분증 이리 줘 봐."

그때 감독이 나섰다. 군인에게서 건네받은 신분증을 살핀 감독이 김상구를 쏘아보며 말했다.

"그런데, 동생이 여기 있다는 건 어떻게 알았나?"

반말에 심문조가 불쾌했지만 김상구로서는 참을 수밖에 없었다.

"고향 집에서 알려주었습니다. 혹시 사이토 군조님을 뵈올 수 있을까요?"

김상구는 어떻게든 면회를 성사시키고 싶어 미리 알고 온 군인 이름을 댔다.

"사이토 군조?"

군인이 말했다.

"모처럼 쉬는 일요일인데 없지. 근데 사이토 군조보다는 나카지마 감독님 힘이 좀 더 센 거 아닌가? 그렇구나, 나보다 나카지마상이 결정할 일이네. 높은 분을 바로 만났으니 잘됐네."

군인이 웃으며 나카지마와 김상구를 번갈아 보았다.

"일단 앉아 봐."

나카지마가 의자에 앉는 김상구에게 신분증을 돌려주었다.

"여기 회사에선 언제부터 일했나?"

"작년 10월부터요."

"그 전엔?"

"나고야에서 일하다 고향집에서 온 편지 받고 이리로 옮겼어요. 마침 자리가 나서."

"동생 땜에 나고야에서 여기까지 왔다는 거잖아."

나카지마의 표정이 살짝 굳어졌다.

"일자리가 나서 온 겁니다."

김상구는 같은 말을 했다.

"얼마 전에 첩자 신고가 들어와서 내가 좀 물어보는 거야. 그런데 당신 말 들어보니 형제 간 우애가 대단하다 싶네. 동생 찾아 여기까지 살러 왔다니 대단한 형제애지 뭐야."

나카지마가 곧이어 말했다.

"그렇지만 면회는 안 되겠어."

"네에? 멀리서 왔습니다!"

첩자 소리에 긴장했던 김상구가 깜짝 놀래 말했다.

"당신은 내지에 살다 여기 왔지만 조선서 면회한다고 건너오기 시작하면 어떻게 돼? 골치 아파지겠지? 당신 동생은 제국이 잘 보호하고 노임까지 주면서 일 시키고 있으니 걱정 마."

나카지마가 담배를 붙여 물었다.

"실망이야. 난 다코 가족이 찾아온 줄 알았는데 말야."

다코는 선금이나 보증금에 발이 묶인 노동자들을 낮추어 하는 말로 먹이를 못 찾고 배가 고프면 자기 발부터 잘라 먹는 문어와 같은 신세를 뜻했다.

"사이토 군조를 어떻게 아는지 모르겠지만 만나면 다시 사정해 봐. 그래도 들어주지는 않을 것 같은데. 그 친구도 조선 징용공들에게 월급을 너무 많이 준다는 걸 알 테니까 말야. 그렇지, 그 옛날의 15원 50전보다 훨씬 더 많이 주지. 하하."

김상구는 갑자기 진땀이 났다. 배낭을 여태껏 메고 있었지만 그 무게 때문만은 아니었다. 나카지마가 김상구를 빤히 바라보며 표정을 살폈다.

그때 군인이 나섰다.

"징용공 면회가 처음이니까 나름 방침을 정한 거네. 멀리서 왔지만 어쩔 수 있나. 우리 감독님이 안 된다는데."

김상구는 해군 시설부 소속의 조선 징용공 면회여부를 일반노무자 감독이 결정할 수 있는 건지 묻지 못하고 일어났다. 그는 손바닥으로 얼굴을 훔치고 말했다.

"한참 걸어왔더니 덥군요. 그럼, 그렇게 알고 돌아가겠습니다. 다만 제 동생이 내가 찾아왔다는 말만 들어도 더 힘을 내서 열심히 일할 수 있을 것입니다. 안부와 같이 이것도 부디 부탁드립니다."

김상구는 배낭에서 보따리를 꺼내 군인 앞에 놓았다. 옷과 양말, 지카다비라는 신발, 상처에 바르는 아까징끼라는 빨간 물약들이었다. 그리고 재빨리 군인에게 눈을 찡긋하며 따라 나오길 부탁했다.

"나카지마상 동생이 전사했지. 셋이나."

군인이 밖에서 말했다.

"네?"

"오가는 이야기를 들으니 그 생각이 나네."

"아, 그렇군요."

김상구는 땀이 솟는 이마를 훔쳤다.

"더운데 헛걸음했네."

"그분에겐 안된 일이지만 저로선 내 사정을 사실대로 말하지 않을 수 없었습니다."

"그럴 수밖에 없지."

"이건 담뱃값으로 받으시고, 이 봉투엔 동생 소속과 이름, 그리고 200엔이 들었습니다."

군인은 사람 좋은 웃음을 지으며 김상구가 건네는 50엔과 편지봉투를 받았다. 옷과 돈이 전해질지에 대해선 자신이 없었지만 할 수 있는 일이라곤 그뿐이었다. 김상구는 돌아서기 전에 부대 쪽을 다시 바라보았다. 몇 채의 목조건물이 보일 뿐 허허로운 맨땅이 끝없이 펼쳐져 있었다. 햇빛이 희게 반사되는 지점은 시멘트가 깔린 활주로일 것이었다. 눈을 돌리는데 목조건물 뒤편에 창고같이 허술한 막사들이 보였다. 단번에 징용공들이나 일반 노동자들의 숙소구나 싶었다. 동생의 얼굴이 처음으로 제대로 떠오르며 가슴이 아팠다. 얼굴을 본 지도 오래지만, 노동에 지친 여윈 모습이 어른거리는 것은 동생과 똑같은 처지의 조선인들을 직접 만났기 때문이었다.

한 달 전에 다른 지역의 비행장 공사현장에 긴급한 출장이 있었다. 전신주를 세우는 작업이었는데 어느 지점에서 조선인들을 만났다. 그들은 2인 1조가 되어 삼태기를 꿴 삼나무 몽둥이를 어깨에 걸고 움직였다. 땅을 파면서 나온 흙과 돌을 삼태기에 담아 운반 중인데 하나같이 여위고 거친 얼굴이었다. 회사 사람들을 보면서도 무심한 표정들이었지만 김상구는 반가운 마음에 몇 사람에게 다가가 말을 붙였다.

"어디서 왔소?"

"아, 당신들도 조선사람이구나."

그때 김상구는 그 사람의 양쪽 어깨가 젖은 걸 보았다. 악취까지 나고 있었다.

"진물이 나는 거요?"

"상처가 곪았소."

"구더기도 끓는데."

"성한 사람이 없지, 죽기도 하고."

동시에 몇 사람이 중얼댔다.

"치료를 안 해주나요?"

"작업량을 채워야 하는데 한가한 소리지."

그때 멀리서 감독 군인이 소리쳤다.

"거기 뭘 하나? 제대로 해!"

김상구는 그들에게 피해를 줄까 봐 얼른 돌아섰지만 어쩔 수 없이 동생 얼굴을 떠올렸다. 조선 징용공들이 일하는 어느 공사장인들 다를 바 없을 것이었다.

역으로 돌아가는 김상구의 발걸음은 무거웠다. 볕도 뜨거운 데다 기운이 다 빠진 듯 피곤했다. 면회가 무산된 데다 나카지마로 인한 긴장 때문이었다. 그리고 초소에서부터 머릿속에 꾹꾹 처박아 놓은 15원 50전이 절로 입을 열었다. "주고엔 고주고센." 목구멍에 갇혀 입으로 새 나가지도 않았다. 엄청 많은 조선인들이 학살당했다는 관동대지진 때 일본인들이 조선인을 가려내기 제일 빠르고 쉬운 방법이 비탁음이 들어간 말을 시켜보는 것이었는데 그 대표적인 게 15원 50전이었다. 김상구는 그 얘기를 도항하던 첫해에 딱 한번 들었다. "우리는 어머니 하는데 그 사람들은 오모니 하거든. 그런 것처럼 우리가 아무리 오래 살아도 여기 사람처럼 안 되는 말이 있어." 합숙소에 같이 지내던 노동자들끼리 술을 마시다 일본어 발음 이야기가 나왔다. 관동지진 때 형제를 잃은 영감님이 취해서 털어놓은 것인데 그 뒤로는 들은 적이 없으니 조선 사람들에게는 금기어인 셈이었다.

역이 멀리 보였다. 동생을 만나지 못했는데도 기차시간은 한참 남아 있었다.

작년, 44년 여름에 고향집에서 편지가 왔다. 두 달 전에 동생이 징용에 뽑혀 갔는데 이제야 연락이 왔다면서 돌봐줄 수 있는지, 있다면 그렇게 해주었으면 한다는 얘기였다. 말미에 동생이 있는 곳의 주소가 적혀 있었는데 혼슈 최북단 아오모리현의 어느 지역이었다. 지인들에게 그곳에 대해 알아봐 달라고 부탁한 지 한참 지나, 한동안 다녔던 회사 사장에게서 연락이 왔다. 그는 동생이 있는 지역의 위치를 대략 짚어주면서 토목공사가 많고 조선인 회사도 있다고 덧붙였다.

"조선인 회사가 있어요?"

"그래. 내가 제대로 알아 왔으니 술 한잔 더 사. 기술자가 귀한지 임금도 높대. 근데 왜, 면회가 아니라 아예 갈려고?"

하도급 오야지로서 일거리가 계속 줄어 걱정을 하고 있던 김상구로서는 뜻밖의 소식이었다. 그는 그 자리에서 그쪽 회사 주소를 받아 적었다. 면회를 가더라도 그쪽 회사에 대해 미리 알아두는 게 좋겠다 싶어 자기소개서를 보내보았다.

6남매의 막내인 동생은 모친의 산고가 길었던 탓인지 어려서부터 유난히 병치레가 잦았다. 그런데 편지에는 형님 대신 징용을 갔다고 지나가듯 써놓고 있어 마음이 더 쓰였다. 김상구의 마음에는 부모를 이별한 지 오래인 데다 돈도 제대로 보내지 못한 송구함이 한꺼번에 들어찼다. 연로하신 부모를 모셔야 하는 형님을 대신해서 병약한 동생이 일본까지 왔다는데 살펴주지 않는다면 불효라는 생각이었다. 하지만 그는 식솔이 딸린 가장이었다.

충청도 출신인 김상구는 도항이란 말이 어지간한 시골 사람들 귀에도 익었을 때, 그리고 무엇보다 국가총동원법이 시행되기 전에 관부연락선을 탔다. 모집, 관의 알선, 징용이란 명칭으로 진행된 제도에서 벗어났다는 것은 자유의사에 따라 일자리를 찾아다닐 수 있다는 뜻이었다. 그는 야간 공업전수학교에 적을 두고 조선인 토목하청업체에 들어가 막일부터 시작해서 토목기술은 물론 자동차운전 등 몇 가지 기술도 제대로 배웠다. 도항 5년 되던 해에 결혼까지 했는데 아내는 오래전에 건너온 경상도 출신 부부의 딸이었다.

아오모리의 회사 사장에게서 긍정적인 답장이 오면서 혼자라도 가야겠다는 결심을 하고 아내에게 자초지종을 털어놓았다. 공사현장에 따라 몇 달씩 떨어져 있기도 했기에 아내의 이해도 쉬울 줄 알았는데 그게 아니었다.

"면회가 아니라 그리 먼 데 가서 일을 하신다꼬예?"

"요즘 형편도 어려운데 이참에 정리하고 가는 게 낫지 않겠소."

"아이들이 자라니 임금 높은 건 좋지만… 그래도 가면 같이 가야지 당신 혼자 어찌 갑니꺼."

장인 장모가 너무 멀고 낯설다고 말렸지만 아내는 마음을 바꾸지 않았다. 옮겨갈 회사사장과 몇 차례 편지가 오간 뒤 김상구는 10월 초순에 이사를 했다. 기차를 몇 번이나 갈아타고 가까스로 목적지인 항구에 내리자 찬바람이 그들을 반겼다. 회사 사무실은 일본인 거주지의 끄트머리에 위치한 목조 단층으로 사장의 살림집과 붙어 있었다. 사장은 출타 중이고 사장부인이 그의 가족을 맞았다.

"마음에 들지는 모르지만 집은 구해놨어요."

부인은 따뜻한 차부터 내더니 어느새 밥상까지 차려왔

다. 조선말만 아니라면 수수한 일본인으로 보일 정도로 내지 생활에 익숙해 보였다. 아이들을 챙겨 먹이는 아내를 지켜보던 부인이 말했다.

"여긴 날씨가 불순해서 어린 애들 키우는 데 힘이 들어요. 신경을 많이 써야 해요."

사장 부인을 따라간 동리는 변두리 대로변에서 조금 떨어져 있었다. 조선인 동네가 세 곳 정도 흩어져 있다고 했다. 집도 허술한데 밤이 되자 추웠다. 아이 셋이 기침을 하다 겨우 잠이 들었다. 시간이 지나 살림에 익숙해진다 해도 날씨부터 모든 게 나고야 생활에 비할 바가 아닐 것이었다. 김상구는 아내를 꼭 안았다.

"고맙소. 내 평생 두고두고 갚을게."

"괜찮습니더. 난 그저 열심히 살림 살고 아이들 잘 키울게예."

다음 날 만난 장영두 사장은 오십대 초반으로 이목구비가 반듯하고 체구가 컸다.

"집은 괜찮던가요? 아이들이 어리다고 집사람이 걱정합디다."

첫인사가 다정했다.

"일본 땅 어딘들 조선사람 없는 데가 없겠지만 여긴 특히 오지요. 기후며 지형 교통 모두가 열악한데 군 시설 공사 땜에 엄청 늘었소. 덕분에 우리 회사도 인력이 많아져서 내가 다 감당할 수 없게 됐어요. 이렇서 보고 정말 반가웠소. 한창 바쁠 때 내가 좋은 사람을 만났소."

장사장은 현장책임에 노무관리까지 맡아달라고 했고, 김상구로서는 그저 열심히 하겠다는 말밖에 할 수 없었다. 기대했던 말은 끝에 나왔다.

"징용공으로 온 제씨 얘길 했지요? 주소를 보면 일하는 현장을 알 수도 있소."

김상구가 고향집에서 온 편지를 꺼냈다. 지명 다음에는 부대 편제의 숫자가 나열되어 있었다.

"해군시설부 소속이구나. 동생분이 있는 곳은 여기서 제법 먼데, 거기도 아마 비행장을 닦고 있을 거요. 면회가 당장은 어려울 테고, 우선 사람을 넣어 소식부터 전하는 것도 방법이겠소."

장사장 의견을 따르기로 하고 그는 바로 다음 날부터 일에 묻혀 지냈다. 현장은 항구에서 멀리 떨어진 지하굴착공사장이었다. 숙식을 합숙소에서 인부들과 같이 하고 토요일이나 일요일에 짬을 내어 회사와 집에 오는 식이었다. 얼마 지나 동생에게 자신의 근황과 얼마간의 돈을 전할 수 있었다. 장사장과 가까이 지내는 일본인이 그곳 부대의 사이토라는 하사관을 통해 전달했으니 다리를 두세 번이나 거친 것이다. 하지만 동생 면회는 쉽지 않았다. 열악한 직업조건에 공기까지 쫓기다 보니 몸을 뺄 수가 없는데다 군부대 방문에는 통행증까지 필요했다. 해를 넘기고도 한참 지나서야 겨우 날을 잡은 게 나카지마에게 면회가 가로막힌 그날이었다.

김상구는 집으로 돌아가는 기차에서도 나카지마의 얼굴이 지워지지 않아 힘들었다.

전쟁에 나가 동생들이 죽었다는 자기감정에 북받쳐 조선 사람이라는 이유로 형제의 상봉을 막을 수 있는가? 전쟁은 일본인, 그들의 것이라는 생각까지 들어 마음이 뜨거웠다. 기차 안에는 일요일답게 승객도 많고 가족으로 보이는 이들도 꽤나 보였다. 어른, 아이 할 것 없이 커다란 배낭과 보따리들을 들었으니 식량과 물자를 구하는 게 이동의 가장 큰 목적이었다. 기차를 바꾸어 타고 해안을 지날 때 그쪽 편 유리창에 가리개를 내렸다. 군사 시설이 집중된 지역이었다. 그때 환승역에서 구입한 차표값 생각이 났다. 나카지마가 입에 담은 15원 50전이 머릿속을 떠나지 않았던 것이다.

3

"삐라부터 출항까지 태풍 불 듯 몰아쳤잖아."

한동안 자기 생각에 빠졌던 김상구는 정신을 차렸다. 회사 사람들은 여전히 출항 전후 얘기를 하고 있었다.

"지금 선원들이 내빼는 거라면 애초부터 출항을 거부했다는 소문이 맞는 거지. 배 타기 전에도 하고 배 탄 뒤에도 그런 얘기가 있었잖소."

"곧 군복 벗고 집에 갈 생각뿐인데 조선까지 가라니, 고분고분 따를 수 없지."

"그런데도 출항했다는 건 뭐야? 높은 놈들이 명령불복종으로 군사재판에 넘기겠다고 했나? 출항 자체부터 의문투성이더니 끝까지 그 꼴이네."

"15일 저녁만 좋았다는 생각까지 들 정도니 내가 한심하네."

8월 15일 정오, 김상구는 장사장 집에서 무조건 항복 의사를 밝히는 천황의 라디오방송을 직접 들었다. 패전소식에 항구는 침묵에 빠졌다. 시간이 지날수록 항구는 더 무겁게 가라앉아 갔지만 조선 사람들까지 숨죽이고 있을 수는 없었다. 저녁에 직원들이 사무실에 모였다. 조선으로 언제 돌아가느냐, 일본에 남을 수도 있지 않을까, 들뜬 분위기 속에서 그런 말이 오갔다. 김상구도 아내와 나고야에 일단 들렀다 조선으로 나가자는 얘기를 나누었다. 시모노세키는 물론 오사카 부근에서 배를 탄다고만 생각하면 그런 여정이 당연하기도 했다. 그날 해지기 전에 큰 배 한 척이 입항하는 걸 보면서도 시모노세키 이야기를 한 것은 그 배가 해군 소속인데다 여기서 도항은 머릿속에 아예 들어 있지도 않았기 때문이다. 그동안 좀처럼 보이지 않던 배라 전쟁이 정말 끝났나 보다 하는, 그런 정도의 생각만 할 뿐이었다.

하지만 바로 다음 날 경비행기에서 삐라가 뿌려졌다.

〈전쟁은 지금부터다!〉

사령부 소속 젊은 장교들의 돌출 행동이라는 소문보다 조선인들에게 더 중요한 것은 자신들이 군사시설지역에 살고 있다는 새삼스런 확인이었다. 이런 곳에서 군의 기강이 무너졌을 때 가장 쉽게 피해를 입을 사람들은 바로 자신들이었다. 그러므로 항구 외곽의 공사장에서 조선인들이 밤새도록 만세를 부르고 소란을 피웠다는 소식도 불길하게 들렸다. 그와 같이 너무 커서 잔교에 접안하지 못하고 바다에 떠 있는 해군 배가 입에 오르내리기 시작했다.

김상구를 비롯한 회사 사람들은 매일 사무실에 모였다. 독신 직원들이 벌써 떠났다는 말 끝에, 기차역에 사람들이 너무 몰려 걸어서 환승역으로 가고 있다는 얘기까지 나왔다. 애가 셋이니 되는 김상구로서는 난감한 소식이었다. 그러고 또 하루가 지났는데 길에 이상한 벽보가 붙었다. 〈조선인은 모두 떠나라. 떠나지 않으면 배급도 없다〉

교통편이 어렵고 아니고를 떠나 전쟁이 끝나고 단 며칠만에 일터와 집을 비우라니 정상적인 소리가 아니었다. 군부대나 관청에서 비축하고 있던 물자들이 흘러나오고 있었지만 배급을 끊겠다는 것은 비행기에서 뿌려진 삐라보다 더 섬뜩한 말로 들렸다. 그에 맞춰 일본사람들이 군사시설 공사에 동원된 조선인들을 부담스러워한다거나 소련군대가 진주하면 조선인들이 그들과 한패가 될까 두려워한다는 소문까지 돌았다. 하지만 조선 사람들이 모여 만세를 부르거나 야미로 흘러나온 소주를 마시고 소란을 피웠다는 말은 더 이상 들리지도 않았으니 악의적인 억측이랄 수밖에 없었다.

그러는 동안 바다에 떠 있는 배 이야기가 부쩍 자주 나왔다. 그들이 도항할 때 탔던 관부연락선보다 더 큰 배는 태평양 항로의 화물 여객선을 군용으로 개조한 것이라 했다. 시간이 갈수록 배는 이제 전쟁이 끝났다는 사실을 또 다르게 증명해주는 증거물이 되어갔다. 소문이 어떻게 퍼졌는지 멀리서 가까이서 조선인들이 항구로 모여들기 시작하더니 부두 앞에서부터 도로를 따라 긴 노숙행렬이 만들어졌다. 동시에 〈조선인은 모두 떠나라〉는 벽보에 이어 〈다음 출항은 없다〉는 벽보까지 붙어 사람들을 긴장시켰다.

하나부터 열까지 모든 게 소문으로, 그리고 출처도 불분명한 벽보로 진행되었지만 한 치 어김없이 그대로 되어갔다. 그 와중에 선원들이 출항을 거부하고 있다는 소문도 잠시 돌았지만 사실여부야 알 수가 없었다.

결국, 조선 사람이면 누구나 무조건 배를 타야 했다.

김상구는 나고야로 가지 못하는 데서 오는 아내의 서운함보다 몸이 아픈 막내가 걱정이었다. 장사장 부인 말처럼 어린애 키우기 어려운 환경이라 병치레가 잦았는데, 마침 막

내가 감기에 걸려 열이 좀처럼 내리지 않고 있었다. 야미 물자 중에서도 약품이 가장 귀했는데 마침 허방 삼아 들른 약방에서 해열제 몇 알을 구할 수 있었다. 그날 김상구는 집과 회사를 오가며 바쁘게 보냈다. 붐비는 우체국에서 나고야 처가로 〈현지서 귀환예정. 후일 상봉〉이라는 전보를 보내고, 회사에서는 장사장을 도와 승선 명부도 작성했다. 파란 줄이 세로로 그어진 미농지에 직원들 이름과 나이를 기록하는 것인데 가족까지 적었다. 김상구는 자신의 가족, 특히 아이들 이름은 더 또박또박 썼다. 그리고 그날 밤 집에서 아내와 짐 보따리를 싸면서 무얼 넣을 것인지를 두고 잠시 다투기도 했다.

마침내 승선이 시작되었다. 동원된 도선들이 아침 일찍부터 해 질 때까지 사람들을 날랐다. 여러 공사현장에서 일하던 군속과 징용공들도 풀려나 부두로 모여들었는데 동생이 속한 부대는 교통편 때문인지 늦고 있었다.

김상구도 회사 사람들과 부두로 나갔다. 어렵게 만든 승선명부는 부두를 관리하는 일본해운 직원 손에 넘어갔지만 그들은 뭘 이런 거까지라는 눈치였다. 이 사람들이 명부도 없이 마구잡이로 태운다는 생각을 하며 김상구는 열에 들떠 얼굴이 분홍빛인 딸을 업은 아내를 앞세우고 배에 올랐다.

동생이 속한 부대가 가장 늦게 탑승했고 그는 배에서 동생을 만났다. 새카맣게 타고 말랐지만 그래도 크게 상하지 않고 나타난 것이다. 동생은 서로 다른 군인으로부터 소식도 듣고 돈도 잘 받았다는 얘기부터 했다. 그 말은 김상구에게 나카지마란 감독이 별난 사람이라는 생각을 다시 한 번 하게 했다. 그 정도였다. 다치지 않고 무사히 이곳을 떠나면 되는 것이다.

동생이 속한 징용부대가 마지막 탑승이었는데도 배는 바로 떠나지 않았다. 선원들의 출항거부 얘기는 그때 다시 나왔다. 지금껏 별별 소문에 시달린 데다 몰아세우듯 태워 놓고는 배가 이틀이나 그 자리에 머물고 있는 게 수상할 수밖에 없었다. 배에 선원들 보기가 어려운 것도 그런 말이 나온 이유 중의 하나였다.

"선원들 구명정은 이제 보이지도 않는구나."

김상구의 귀에 다시 회사사람들의 말소리가 들려왔다.

"우리가 조선 가는 배 내려달라고 했나? 자기들이 억지로 태워놓고 이래도 되나?"

"모두 형편따라 도항했겠지만 반강제로 끌려온 사람이 얼마나 많아? 잘 부려먹었으면 제대로 보내줘야지, 이게 뭐야? 지금 이런 꼴은 정말 아니지."

누군가 말했다.

"어제 내가 그랬잖아. 전쟁이 끝난 판에 항복한 나라에서 이리 큰 해군 배를 출항시켜도 되는지 말야. 첫 귀국선인지는 몰라도 기분이 안 좋아. 정말 더럽네. 해방이 되었는데 만세도 제대로 한번 못 불러보고.”

다른 사람이 대꾸했다. 그때 김상구는 눈앞이 캄캄해지는 듯했다. 사라진 구명정을 쫓았는지 지는 해가 마지막 힘을 모은 듯 타올라 바로 쳐다볼 수가 없었다. 맨머리까지 맹렬하게 아파왔다. 나카지마라는 감독 얼굴이 떠오르면서 햇빛이 눈과 머리를 태웠다. 갑판에서 반갑게 동생을 만났을 때 마음먹었던 그 정도로 된 게 아니었다. 나카지마만이 그 정도로 별난 일본인이 아니라는 생각이었다. 그는 두 손으로 머리를 감싸 쥐며 목구멍에 힘을 주었다. 조선말이면 금방 하겠는데 일본말로 하려니 막혔다. 그날 조선 징용공들에게 임금을 많이 준다면서 나카지마가 내뱉은 금액이 소리로 만들어지지 않았다. 맘속에 싹튼 불길함을 다른 식으로 말하면 될 텐데도 오직 일본 돈 금액만 머리에 가득했다.

주경식 영감이 다시 나섰다.

“근데, 배 밑창에 뭐가 실렸는지 알 수가 있나? 해군 배잖아….”

바로 그때 발밑이 먼저 흔들렸는지 폭발음을 먼저 들었는지, 김상구는 넘어졌다. 다시 엄청난 폭음이 터지고 김상구는 졸도했다. 산을 뚫는 공사장이 아니라 배다. 배가 깨지는 것이다. 그가 정신을 차리며 쓸려가는 몸을 겨우 일으켰을 때 회사사람 몇도 옆에서 몸을 추스르고 있었다. 장사장과 주 영감이 멀리 보였다. 뒤늦게 일어난 사람들 중에는 몸에서 피가 나기도 하고 얼굴은 모두 사색이었다. 바닷물이 튀어오르지 않아 옷이 젖지 않았다는 사실도 모른 채 옆 사람들과 재빨리 몇 마디 나누었다.

"선창은?"

"밑에서 터진 거지?"

"폭탄!"

"기뢰가 아니고?"

김상구는 그 말들을 들으며 가족을 떠올렸다. 특히 자신을 따라 나오겠다고 칭얼대던 아들 얼굴이 크게 보였다. 여기저기서 고통스런 신음과 울부짖는 소리가 들렸다. 폭탄 터지는 소리도 없는데 갑판이 다시 요동쳤다. 배의 축이 어디로 쏠려 가는지 무거운 굉음이 연달아 울렸다.

"침몰한다!"

그 소리가 가장 정확했다.

김상구는 선창으로 내려가는 입구로 뛰었다. 쓰러지며 발을 다쳤는지 걸음이 비틀거렸다. 하지만 그는 사람들에게 막혔다. 선창에서 빠져나온 사람들이 그를 밀어댔다.

"비켜요! 내려가야 돼!"

그는 고함치며 몸을 디밀었지만 뒤로 밀리기만 했다.

"소용없소. 사다리가 부러졌어."

앞을 막아선 남자가 말했다. 한쪽 손으로 감싼 머리에서 피가 이마로 흘러내렸다. 김상구는 사람들 속에 묻혀 회사사람들과 멀어졌다. 아주 기분 나쁜 쇳소리가 선상을 울렸다.

"찢어진다! 중간이다!"

누군가의 고함은 비명과 쇳소리에 묻혔다. 가운데가 꺾이기 시작한 배는 천천히 가라앉으면서 한쪽 방향으로 기울어져갔다. 언제부턴가 방울방울로 떠다니던 기름이 띠를 이루어 뱃전을 감쌌다. 기관실 연료통에서 솟구쳐 오른 기름은 이내 막을 치면서 바다로 번져갔다.

어디서 소리쳤다.

"배가 온다! 배다!"

똑같은 소리가 들리고 배 몇 척이 보였다. 떠났던 구명정이 아니라 고깃배였다. 어느 쪽에서는 사람들이 바다로 뛰어내리고 있었다.

굼실대는 기름 막 위로 떠다니는 선박용품과 짐들 사이에 사람들이 보였다. 선창에서 빠져나온 사람들은 허우적거리거나 무언가를 붙들고도 있었지만 대다수는 그냥 흘러갔다. 허적대던 사람들도 기름범벅의 새카만 얼굴을 잠깐 내밀다 물속으로 잠겼다. 서로 엉켜 빠져나오지 못하고, 바닷속으로 잠겨드는 배의 소용돌이에 빨려도 들었다.

가라앉는 속도가 배 뒤쪽이 빨랐다.

김상구도 다른 사람들과 같이 바다로 뛰어들었다. 김상구는 죽을힘을 다해 어선으로, 육지로 헤엄쳤다. 사방에서 아이고, 아이고 소리가 들리다 사라졌다. 김상구는 앞 사람을 따라 기름 막 밑으로 몸을 밀어 넣고 한참 허적대다 숨이 급해 머리를 내밀었다. 그의 얼굴도 그가 뱃전에서 보았던 사람들과 똑같이 기름범벅이었지만 정신은 말짱했다. 이 지옥에서 기필코 살아나가야 했다. 해안가의 일본사람들이 더 많은 배를 노 저어 올 거라는 걸 믿으며 살아남고 싶었다. 아내와 자식들을 만나기 위해. 우성사 직원들 이름이 적힌 승선명부가 있다는 사실을 알리기 위해서도 판자 조각 하나라도 붙잡아야 했다.

조갑상

1980년 동아일보 신춘문예에 단편소설「혼자웃기」가 당선되어 작품활동을 시작했다. 단편집『다시 시작하는 끝』『길에서 형님을 잃다』『테하차피의 달』『병산읍지편찬약사』와 장편소설『누구나 평행선 너머의 사랑을 꿈꾼다』『밤의 눈』『보이지 않는 숲』을 냈다.

∬ 동아시아 비평

대만문학 속의 베트남전쟁

최말순

흔히 제2차 인도차이나 전쟁으로 불리는 베트남전쟁은 1955년부터 1975년까지 베트남 민주 공화국(북베트남)과 베트남 공화국(남베트남)의 사이에서 일어난 전쟁이지만 1964년 8월에 미국이 통킹만 사건을 구실로 개입함으로써 국제전으로 확대되었고, 1965년부터 미국을 위시한 한국, 호주, 태국, 필리핀, 뉴질랜드, 캐나다, 중국, 소련 등이 파병과 원조로 참여하면서 냉전시기 중요한 역사적 사건이 되었다. 이후 8년간의 전쟁 끝에 1973년 1월에 파리에서 평화협정이 체결되어 그 해 3월 말까지 미군이 전부 철수하였고, 1975년 4월 30일에 사이공 함락으로 북베트남이 무력 통일을 이뤄 1976년에 베트남 사회주의 공화국이 선포되었다.

지금은 프랑스를 이은 미국의 내정 간섭에 대항한 베트남 민족의 통일전쟁으로 베트남전쟁을 인식하는 것이 보편적이지만 냉전시기 미국이 대외적 군대파견에 대한 정당성 확보를 위해 공산권으로부터 동남아시아를 지키자는 명분을 내세운 관계로 당시 냉전체제하에서 주변 국가들의 동참을 이끌어내었다. 그러나 참전의 목적은 이러한 명분보다는 전쟁 특수에 대한 기대가 본질적인 동기였을 것으로 보는 것이 일반적인 견해이다. 대만의 베트남전쟁 동참 역시 이 두 가지 측면에서 언급될 수 있으며 대만문학 속에 등장하는 베트남전쟁 관련 의제 역시 이 두 가지를 포함하고 있다.

대만은 한국과 달리 대규모의 파병은 없었고 표면으로 드러나지 않는 군사작전에 참여하는 방식으로 베트남전쟁에 개입했다. 1960년에서 1975년 사이 남베트남에 파견된 군사지원단으로 '奎山軍官團', '軍事顧問團', '駐越軍援團', '建設顧問團' 등이 있었는데 이들의 대베트남 군사지원 내용은 정치작전에 대한 자문, 무장장비와 제조, 공군과 해군 근무 지원, 용병의 신분으로 남북베트남 경계지역인 정전구(停戰區)와 소위 '호찌민 트레일'에서 정찰임무를 수행한 특전부대 등이 있으며 당시 다른 나라들의 월남에 대한 지원과 비교하면 매우 적극적인 태도였다고 한다. 하지만 미국의 반대와 억제로 인해 중화민국이 제기한 파병 등 직접적 군사지원의 방안은 실행되지 못했는데 그 이유는 蔣介石 정부가 전쟁을 이용해 동남아시아를 중국대륙을 반격하는 통로로 이용할 것을 경계했기 때문이다. 따라서 상술한 군사자문 이

외에 1965년 5월까지 86명으로 구성된 농업원조팀, 18명의 심리전 고문단, 10명의 의료대원, 9명의 발전소 보수팀을 파견했으며 200여 명의 월남군인들을 대만 현지에서 훈련시키는 등 원조를 제공했다. 이렇게 월남전 당시 대만은 원동지역에서 미국의 '가장 굳건한 반공 맹우'로서 월남 지원을 통해 신뢰를 구축하여 미국이 대중국정책을 조정하게 만들기 위해 부단히 노력했다.

그러나 대만사회에서 베트남전쟁을 인식하게 된 계기는 군사개입이나 기술원조보다는 휴가를 온 미군들과의 접촉이었다. 1965년 11월 25일 미국방부는 주월미군의 '휴식복원계획' 휴양지의 하나로 방콕, 홍콩, 싱가포르, 피낭섬, 마닐라, 쿠알라룸푸르, 호주, 하와이 등과 함께 대만을 지정했다. 당시 국민당정부는 외화수입과 미군군사정보를 획득하기 위해 대만이 파월미군의 휴양지로 선정되게 적극적으로 노력했으며 그 결과 1965년과 1966년 2년간 미군 20,079명, 1967년에서 1970년 사이에는 170,311명이 대만으로 휴가를 왔다. 또한 베트남전쟁에 미군이 가장 많이 투입된 1970년대 초기에는 20만 명의 미군이 대만으로 휴가를 온 것으로 보고되었다. 만약 미군 한 사람당 5000달러를 대만에서 소비했다고 가정한다면 이를 통해 10억 달러의 외화를 벌어들인 것으로 추정된다. 동시에 미군과 함께 포르노, 마약, 성병과 혼혈아 등 각종 사회문제가 야기되었을 뿐 아니라 그들의 정신적 긴장으로 인한 성매매 대상에 대한 성적 학대와 살인 등 사회사건도 빈번하게 발생했다. 이에 냉전과 반공체제하 미군의 휴양지가 됨에 따라 발생된 여러 사회문제에 주목하여 대만문학 속에 반영된 베트남전쟁을 소설과 시로 나누어 몇 가지 유형으로 소개하고자 한다.

첫 번째는 미군대상 술집운영과 이들을 상대하는 대만여성들을 둘러싼 소설이다. 주로 黃春明(1935-), 王禎和(1940-1990), 陳映眞(1937-2016) 등 자본주의 사회현실과 미일의 경제적 진출에 대한 비판적 인식을 보여주는 향토문학 소설가들의 작품 속에 반영되었다. 가령 黃春明의 『小寡婦 젊은 과부』(1975)는 이런 내용을 그린 대표적인 소설인데 1968년 미국 존슨대통령 임기 내에 주월미군이 50여만 명으로 증가되고 대만이 원동구의 휴양센터로 추가 지정된 역사적 사실을 배경으로 타이베이의 다실(茶室)을 미군을 대상으로 하는 술집 바(bar)로 개조하고 미국에서 유학한 사람을 경리로 고용하여 '젊은 과부'라는 술집 이름과 컨셉으로 미군을 유인하여 소비하게 하는 일련의 과정과 이 과정에서 벌어지는 경리, 바걸(bar girl), 마담, 미군고객 등 간의 관계와 대화 등을 주요내용으로 하고 있다. 소설은 휴가 온 미군의 소비를 촉진시키기 위해 현대적 기업경영의 논리로 효과적인 방식을 모색하는 과정에서 중국의 전통, 중국여성과 미망인이라는 이미지를 외화벌이의 수단으로 삼고 있다. 당시 미군을 접대하기 위해 타이베이뿐 아니라 지룽, 화롄, 타이중, 가오슝 등에 서양식 술집 바가 많이 생겨났는데 소설에서는 이들 다른 바와 차별화하기 위해 외부는 물론 내부 인테리어를 모두 중국식으로 바꾸고 바걸들도 중국의 젊은 과부로 변장시켜 치파오를 입히고 자수를 놓거나 옷을 깁는 등 역할극을 통해 미군의 중국과 동양에 대한 호기심을 자극하여 소비로 이어지게 만들고 있다. 이를 위해 업소의 여성들은 전통적인 다실에서 대만남성들을 접대하던 방식을 버리고 영어는 물론 중국역사, 고전에 대한 최소한의 지식을 주입받고 이제 막 남편을 잃은 젊은 미망인이라 쉽게 남성을 가까이하지 못하는 연기를 하게 지도받는다. "미국병사에겐 말이지. 중국 여자에 또 과부인 거야. 이국정조에 남의 아내를 넘보는 느낌을 더해 주는 것이니 넘어가지 않고 베길 자가 없게 되는 거지." 이익창출을 극대화하기 위해 '젊은 과부' 컨셉을 채용해 현대적 기업관리와 운영방식으로 투자자, 설계와 관리를 맡은 경영전문가, 실제 경영에 참여하는 마담 등이 회의를 통해 이런 새로운 방식을 통해 얼마나 수익을 올릴 수 있을지를 의논하고 결정하며 또 진행상황을 보고 조정하면서 개선해 나간다. 뿐만 아니라 장기적으로 보아 기존의 호텔 이용보다 더 싼 가격에 더 높은 수익을 올릴 수 있다는 판단하에 바걸들에게 아파트 한 채씩을 쓸 수 있게 한다. 여성의 성상품화라는 측면에서 이를 기획한 대만남성과 이를 소비하는 미군병사가 공모하는 형국이지만 소설에서는 이들 여성들이 '젊은 과부' 기획을 재미있게 여기고 더불어 아파트를 사용할 수 있게 되어 매우 흡족해하는 모습을 보여준다. 말하자면 외화벌이에 관련된 모든 계층의 사람들이 모두 같은 목표를 위해 각자의 역할을 충실히 이행하고 있는 것이다. 또한 이들은 마치 기업의 홍보처럼 『China Post』 같은 신문을 이용해 대대적으로 광고한다. "미국의 아시아 외교가 왜 실패했나? 그것은 미국인이 로마에 가면 로마법을 따르라는 말을 이행하지 않았기 때문이다. 만약 중국을 알고 싶다면 타이베이 진시로(錦西街)에 있는 '젊은 과부'로 오세요."라는 광고문안을 내걸고 개업일을 카운트다운하며 지면을 장식했다. 이뿐만 아니라 미군들에게서 최대한의 외화를 빼내고자 일차적으로 술을 마시게 하고 다음으로 여성들과 밤을 보내게 하며, 나아가 대만 각지로 여행을 할 때 교통편까지 고려하여 술집 매상에서부터 부동산 투자, 교통과 숙박업자와의 합작 등 종합적인 비즈니스 전략을 세운다. 이렇게 소설을 통해 대만사회에서 베트남전쟁이 일회성의 외화벌이가 아니라 지속가능한 사업으로 인식되었고 미군병사도 돈벌이의 대상으로만 여겨졌음을 알 수 있다.

동시에 소설은 여기서 그치지 않고 미군접대에 종사하는 여성의 경험을 첨가하여 전쟁에 동원된 미군의 심리적 상태와 대만여성들과의 관계를 보여주는데, 그중 아칭(阿青)은 11년 전 바에서 흑인 군관 스미스를 만나 서로 사랑하는 단계로까지 발전했고 그들 사이에 아들까지 두고 있다. 흑인 군관을 통해 그녀는 물질적으로 풍부한 미국을 선망하게 되고 함께 미국으로 가는 꿈을 꾸었으나 그가 마약 복용 혐의로 미국으로 압송되고 난 뒤 커갈수록 말썽을 부리는 혼혈아 아들을 키우기 위해 여전히 이 일을 할 수밖에 없는 처지이다. "당신은 황인종이고 나는 흑인이니 우리는 똑같은 유색인종이야. 우리와 다른 것들이 백인종이야." 스미스의 이 말을 통해 그녀와의 관계가 단순한 고객과 바걸 사이의 성매매가 아니라 차별받는 계층의 연민이 토대가 되었음을 알 수 있다. 또 다른 여성 꾸이샹(桂香)과 페이페이(菲菲)는 이곳에서 미군병사 탐과 빌리를 만나는데 모두 어린 나이로 어쩔 수 없이 참전하게 된 경우로 그들은 마약이나 술에 의지해야만 잠이 든다. 네 사람은 단 하루 대만의 관광명소로 놀러 나가 즐겁게 시간을 보내고 군대로 복귀하는데 페이페이는 놀러 나간 절에서 구한 호신부를 빌리에게 주고 그의 안녕을 빌어준다. 그해 겨울 빌리는 다시 '젊은 과부'로 페이페이를 찾아오는데 베트콩을 수색하는 과정에서 탐을 비롯한 대원들이 모두 사살되었지만 자신만 호신부의 힘으로 살아 돌아왔다고 말을 한다. 이렇게 미군병사와 여성들 간의 구체적인 이야기를 통해 외화벌이의 수단으로만 매개되지 않는 인간적인 유대감을 보여준다. 전쟁의 희생양으로서의 미군과 오히려 그들을 위로해주는 역할로 대만여성을 그림으로써 성구매자와 제공자 사이에 일종의 권력의 전도가 일어나고 있는 것이다.

베트남전 미군을 대상으로 한 장사가 어떻게 이루어지는지를 그린 또 한편의 소설로 王禎和의 장편 『玫瑰玫瑰我愛你 장미야 장미야 너를 사랑해』(1984)가 있다. 이 작품은 화롄으로 300명의 미군이 휴가를 온다는 소식이 전해지면서 지방의 인사들이 미군병사를 대상으로 술집을 어떻게 운영할 것인지를 두고 회의를 하는 내용을 그리고 있다. 앞서 본 '젊은 과부'의 전문 경영인 경리와 마찬가지로 여기서도 동스원(董斯文)이란 인물이 성매매 여성들을 미군을 상대할 수 있도록 가르치는 바걸 속성반을 만들기 위해 자신의 생각을 피력하는데 "美軍就是美金 미군이 바로 달러"라는 일념하에 경영논리, 품질관리, 문화소양, 운영방식 등 마치 상품을 제조하여 최대의 이익을 창출하는 기업관리와 같은 논리와 사고를 보여준다. 이에 각계각층의 사람들이 동참하여 달러벌이에 혈안이 된 모습을 보여주는데 그중에는 지방 정치인, 학교교사도 있고 성매매업소의 주인들과 종사자들도 있다. 문제는 이 회의에 참여한 각종 인물들의 이해 수준에 따라 회의가 진행될수록 황당하고 웃음을 자아내는 강한 풍자성을 보여주는데 이는 작가 王禎和의 일관된 스타일이면서 돈벌이에만 눈이 먼 현지사회의 분위기를 고스란히 드러내고 있다. 가령 이들은 처음부터 미군을 맞이할 때 어떤 노래를 불러야 할지를 둘러싸고 의견이 분분한데 마지막에 소설 제목의 '장미야 장미야 너를 사랑해'로 결정된다. 원래부터 있던 노래이기는 하지만 여기서 장미는 '베트남 장미', 혹은 '사이공 장미'에서 연상된 것으로 미군이 퍼뜨리는 매독을 의미한다. 또한 이들이 모여서 논의하는 성매매를 둘러싼 회의는 이 지역의 중요한 장소인 교회당으로 목사의 설교와 성매매사업이 연결되면서 적나라한 풍자성을 드러낸다. 뿐만 아니라 이들의 어색한 영어발음이 욕이나 엉뚱한 뜻으로 들리고 또 그렇게 알아듣고 이상한 해석을 하는 등 일종의 언어유희로써 발랄한 해학과 풍자로 헛웃음을 자아내기도 한다. 가난한 비지식층 향토인물을 통해 인간생활과 인생의 어쩔 수 없음을 웃음으로 드러내는 작가의 다른 작품에서처럼 여기서도 성매매 종사자인 여성들이 무력한 피해자의 모습이 아니라 생명력으로 충만하며 심지어 교활한 장사꾼이면서 남성을 유혹하는 기술을 가진 여성들로 나온다. 이러한 인물과 내용구성, 그리고 미군이 도착하기 전의 소란을 집중적으로 그리면서 1960-1970년대 대만사회에 충만했던 극대화된 자본주의 상업논리를 신랄하게 풍자하고 있다. 그들에게 월남전은 외화벌이의 더없이 좋은 기회였던 것이다.

두 번째 경향은 참혹한 전쟁에 내던져진 미군의 정신

적 트라우마를 보여주면서 전쟁의 정당성에 의문을 제기하는 내용으로 陳映眞의 소설「六月裡的玫瑰花 유월의 장미」(1967)와「賀大哥 하씨형, 마크」(1978)를 들 수 있다. 이 두 편은 작가가 정치적 원인으로 입옥하기 전과 후 11년의 간격을 두고 발표한 것으로 세계적 이목이 쏠린 베트남전쟁에 대한 대만문단의 침묵에 반성의 분위기를 조성하고자 의도한 것이다. 두 소설 모두 베트남전쟁 참전 미국병사의 트라우마를 다루고 있는데 1978년에 나온「하씨형, 마크」가 진료기록을 동원하여 매우 사실적으로 1968년에 일어났던 미라이촌 학살을 정면에 내세운 데 비해 그보다 더 이른 시기에 나온「유월의 장미」는 한 흑인 병사의 평민학살을 미국의 흑인 수난사와 겹쳐 보여준다. 비록 직접적인 전투장면은 없지만 소설 인물들은 전쟁이 남긴 고통과 이와 연관된 역사적 비극의 후유증에서 고통스러워하는 모습으로 그려진다. 「유월의 장미」 속 흑인 하사관 벨나이와「하씨형, 마크」 중의 마크는 비록 신분과 출신배경이 다르지만 월남전의 피해자로 정신병원에 입원하여 치료를 받으며 그 원인도 동일하게 전쟁 중에 일어난 평민학살로 인한 정신적 고통이다. "집 안에 작은 여자아이가 앉아 있었어요. 팔이 부러진 인형을 안고. 그 여자아이는 두려워하지도 않고 울지도 않았어요. 그냥 눈을 크게 뜨고 나를 보기만 했어요. 나는 방아쇠를 당겼어요.—지저스 크라이스트—" 전쟁으로 인한 긴장과 공포가 인간을 잔인하게 만들었음을 보여주는데 부대가 도착하자 벨나이는 어느새 베트콩촌을 섬멸한 영웅이 되어 있었고 이 공로로 인해 하사관으로 승진하고 훈장을 받으며 휴가도 얻게 되었지만 대만 동부지역의 찬란한 햇빛에서 월남에서의 일을 떠올리고 고통스러워한다. 희망을 연상시키는 후퍼로 이름을 바꾸고 대만에서 소아마비 아이들을 돌보고 있는 마크는 미라이촌 학살에 투입된 군대의 일원으로 자신의 기억으로부터 도피를 통해 고통으로부터 벗어나려 한다. "나는 내 자신이 싫습니다. 가능하다면 옷을 벗듯이 내 이 더러운 옷을 벗어 버리고 깨끗하고 새로운 옷을 입고 싶어요. 깨끗한 나로 바꾸고 싶어요…." 진료차트에 기록되어 있는 마크의 외침은 자신의 학살행위의 기억에서 벗어나 다시 사랑하고 사랑받을 수 있는 사람으로 새롭게 태어나고 싶은 갈망을 드러낸다. 이들은 전장에서 비록 육신은 살아남았지만 정신적 손상과 심령의 상처로 인해 괴로워하는데 작가는 이를 통해 전쟁의 잔혹성을 고발하고 있다. 그런데 베트남전쟁에서 촉발된 이들의 고통은 사실 근원적인 뿌리를 가지고 있다. 「유월의 장미」의 벨나이는 미국에서 흑인으로 겪어야 했던 고통, 조부 때 당한 인신매매와 빈민굴에서의 생활, 백인에게 모친을 상납해야 했던 부친의 처지와 심정 등으로 괴로워 비누로 얼굴을 씻으며 피부가 희게 되기를 바라고 월남전에서 처음으로 아무 차별 없이 백인들과 생활할 수 있음을 기쁘게 생각하며 심지어 "영원히 전쟁이 끝나지 않기"를 희망하기도 한다. 휴가지 대만에서 만난 에밀리 황 역시 양녀 출신의 바걸로 그녀의 외조모, 모친과 동일하게 어렸을 때 남의 집으로 팔려간 경험이 있다. 「하씨형, 마크」의 마크 역시 비록 부유한 백인 자제이기는 하나 무정부주의 운동에 참여하다 월남전에 참전하게 되고 속죄의 길을 모색하며, 이렇게 타락한 환경이 지우는 무거운 부담을 떨쳐내고자 분투하는 인물들이 안고 있는 심령의 상처가 월남전의 경험을 통해 더욱 가속화됨을 알 수 있다.

그런데 전장에서의 이들의 행위는 반공과 애국의 행위로 칭송받는다. 「유월의 장미」에서 흑인 병사 벨나이가 무고한 소녀를 살육하는 것은 반공이라는 미명하에 진행된 이념전쟁으로 인한 것이고 소대장 스텐리의 입을 빌어 '위대한 합중국 정부'는 이러한 벨나이에게 합중국의 가치인 공정, 민주, 자유와 평화의 전통을 지킨 애국자로 칭송한다. 자유와 민주를 위해 무고한 평민을 잔혹하게 살해하는 합중국의 모순을 벨나이의 정신적 고통과 전장으로의 복귀 후에 날아온 사망통지서를 통해 날카롭게 드러내고 있다. 흑인 병사 벨나이의 죽음은 사망통지서에 명기된 숭고한 사명과 강렬한 대비를 이루는데 11년 후 마크의 말을 빌리면 "영원히 잘못이란 것은 저지르지 않는 미국이라는 신화"에 대한 비판이라고 하겠다. 마크를 비롯한 미국 병사들이 미라이촌에서 학살을 감행했던 이유는 "그들의 뒤에 국가라는 거인이 서 있었기 때문"이었으며 그것을 정의라고 믿었기 때문이다.

또한 작가는 이들 작품을 통해 인간에 대한 애정과 인도주의적 가치관을 강조하고 있다. 「하씨형, 마크」의 마크는 강렬한 죄책감으로 인해 자신을 철저히 억압하고 인도주의적 사회행동가의 새 신분으로 살아간다. 그는 미국을 떠나 대만의 천주교 재활센터에서 누구보다 열성적으로 소아마비 아동들에게 공예를 가르치는데 그의 침묵과 진실한 박애정신은 서술자인 '나'에게 지대한 영향을 미친다. 비록 자신은 '무신론자'라고 하지만 수녀의 말로는 "예수의 심장을 가진"이로 표현되며 실제로도 "마치 성탄카드에 있는 수염 난 예수의 얼굴"이며 "부드러운 눈으로부터 마음 깊은 곳에서 우러나오는 사랑의 빛을 드러내고 있다." 그의 무조건적 사랑은 종교적 고행과 속죄의 행동으로 보인다. 「유월의 장미」 속 벨나이 역시 팔려온 노예의 후예로 그의 선조들이 미국에서 정착하는 과정에서의 차별과 그로 인한 아픔에 기반하여 양녀로 팔려 바걸의 처지가 된 에밀리 황에게 깊은 연민과 사랑을 느낀다.

그 외 미군 상대의 술집 바가 등장하는 소설로 曾心儀(1948-)의 「酒吧間的許偉 바에서 일하는 쉬웨이」(1977)가 있는데 앞서 본 소설과는 달리 베트남전 미군 상대의 술집의 생태와 이에 종사하는 여성들의 이야기를 비교적 민족적 입장에서 광범위한 대만사회의 문제로 인식하는 방식을 보여주고 있다. 소설은 술집에서 일을 하던 부친이 병원에 입원하면서 젊은 아들인 쉬웨이가 일을 인계받아 미군을 상대하는 내용인데 호객부터 술을 팔고 아가씨들을 알아서 배치하고 술집에서 일어나는 크고 작은 분쟁들을 해결하는 일을 하면서 인종적, 민족적, 경제적 우위를 점한 미군들의 대만인에 대한 멸시, 그럼에도 불구하고 이런 일을 중단할 수 없는 여성들의 처지와 그녀들의 안일하고 사치스런 태도와 생각 등을 매우 비판적으로 고발하고 있다. 소설에서 월남전이 끝나면서 파병미군 대상의 장사가 사양길로 접어드는 상황, 그러나 여전히 현지주재미군들이 찾아오는 바가 운영되는 모습 등이 나오는데 이를 주인공 쉬웨이의 비판적인 시선과 심리적 갈등을 통해 1970년대 대만향토문학의 신제국주의 비판과 민족지향을 잘 보여주고 있다. 특히 미군으로 인해 생계를 유지하면서도 그들의 횡포에 분노하는 주인공의 내적 갈등과 민족적 열등감 등 심리적 모순을 대만사회의 구조적인 문제에서 비롯되었음을 제기하고 있다는 점에서 의미를 가진다고 하겠다.

세 번째 유형은 반공문예잡지에 실린 월남전 소재 단편소설로 이 부분은 상당히 많은 양의 잡지에 대한 전면적인 자료조사가 요구되는데 여기서는 대표적인 반공문예지인 『新文藝』(1962-1983)에 실린 소설을 대상으로 간단히 소개하기로 하겠다. 夏楚(1932-)의 「嗚咽的湄公河 오열하는 메콩강」은 일인칭 시점으로 화자가 잘 알고 지내는 베트남 기자의 이야기를 쓰고 있는데 전쟁으로 인해 집이 월맹에 의해 불태워지고 가족들이 살해되자 분노해 종군하지만 결국 전사하게 된다. 소설은 전쟁으로 인한 그의 고난과 비참한 신세를 보여주고 전장에서의 용감함과 애국심을 그리는 동시에 공산당의 악행을 드러내고 있다. 張過의 「暴徒 · 少女 · 美國人 폭도 · 소녀 · 미국인」은 한 미국종군기자가 월남소녀의 부탁으로 그녀의 동생이 공산당에 이용당해 폭탄을 투하한 일을 조사, 보도하게 되면서 동생의 결백을 증명하게 되고 동생은 이를 계기로 미군에 가입하여 공산당 섬멸에 나선다는 내용이다. 張過의 또 다른 소설 「雲霧 운무」는 대만으로 휴가를 온 파월미군병사가 일본혈통을 가진 여성을 만나 사랑하는 이야기인데 두 사람의 부친이 모두 전투기 비행사로 전쟁에 희생되었음에도 다음 세대까지 전쟁의 포화에서 자유롭지 못함을 한탄하면서 세계의 평화를 파괴하는 공산당의 행위를 희생을 통해서라도 막아내야 한다는 주제를 보여주고 있다. 止戈의 「從迷惘到覺醒 미망에서 깨달음으로」는 한 월남전에 참전한 미군병사가 공산당에 이용된 월남여자를 만나 사랑하게 되지만 이로 인해 마약에 중독되어 미국으로 돌아간 후에도 고통 속에서 결국 자살을 시도하게 된다는 내용이다. 그가 호수에 몸을 던지려 할 때 마침 자유중국 군인의 도움으로 목숨을 건지게 되는데 이후 월남에서 돌아온 미군병사들이 대부분 동일한 고통을 겪는 것을 보고 이것이 공산당의 계획적인 음모 때문이라고 말한다. 이렇게 반공문예잡지에서 베트남전쟁은 국공내전의 연장선으로 인식되어 반공의 필요성을 강조하는 소재로 쓰여졌고 공산당의 침략이 특정지역에 국한된 것이 아니라 세계적인 범위로 진행된다는 것을 알려주는 사건으로 반공에 대한 경각심을 고취하는 목적으로 드러난다.

네 번째 유형은 현대시에서 그려지는 베트남전쟁이다. 이 부분은 대만작가와 월남에서 온 화교작가들로 구분하여 볼 수 있는데, 우선 1950년대 중반부터 일기 시작한 신시 현대화운동의 주역 중 한 명이며 『創世紀』 시사의 동인인 洛夫(1928-2018)의 「西貢詩抄 사이공 시선」 시리즈 시를 들 수 있다. 대표적인 군중(軍中)시인인 洛夫는 1965부터 1967년까지 월남에 파견되어 자문관 및 번역관으로 일했으며 이후 「사이공 시선」 11수를 발표해 그의 시집인 『無岸之河 강변 없는 강』에 수록했다. 이 시리즈 작품은 군사와 관련된 소재가 대부분인데 예를 들어 「手術台上的男子 수술대 위의 남자」는 19세 미군이 부상을 당해 병원으로 이송되어 왔으나 끝내 숨을 거두는 내용으로 그의 몸에는 19개의 구멍(탄환 구멍과 수술로 인한 상처)이 나 있다. 상당히 긴 분량으로 6개 단락으로 나뉘는데 반복적으로 "白色在吵鬧 흰색이 시끄럽게 떠든다"는 구절을 각 단락 중간에 배치하여 병원에서 수술을 진행하는 모습을 상징적으로 보여준다. 여기서 '흰색'은 사망의 분위기와 연결되며 상처와 메스에서 흘러나오는 피의 '붉은 색'과 강렬한 대비를 이루고 있다. 중복해서 등장하는 숫자 '19'는 단락을 유기적으로 연결하면서 주인공이 어린 병사임을 나타낸다. 제5단락을 보자.

十九歲的
男子 掌中躍動一座山的
男子 血管中咆哮著密西西比河的
男子 胸中埋著一尊溫柔的砲的
男子 嚼著自己射出去而又彈回來的破片的
男子 他已改名叫「不可能」的
男子 今年才十九歲
手術台上
十九歲的男子
脫下肌膚
赤裸而去

19세의
남자 손에는 하나의 산이 약동하는
남자 혈관에 미미시피강이 포효하는

남자 가슴에는 온화한 포를 숨긴
남자 자신이 쏘아 다시 되돌아온 파편을 씹는
남자 '불가능'으로 개명한
남자 올해 겨우 19세
수술대 위의
19세 남자
피부를 벗고
나체로 죽어가네

행을 달리하여 수식하는 당시로서는 매우 새로운 형식적 시도로써 시각적인 충격을 초래하는데 한 명이 아닌 여러 명의 젊은 군인이 수술대에 누워 있는 듯한 효과를 주어 전쟁의 격렬함과 부상이 속출하는 상황을 그려내고 있다. 또한 洛夫는 「午後印象 오후인상」에서 불안이 내장된 조용하고 이상한 분위기로 병사들이 보초를 서는 정황을 매우 생동감 있게 묘사하였고, 「魚 물고기」에서는 순찰하는 병사를 그리고 있는데 우물 속에 비치는 자신의 얼굴을 찾지 못하는 모습을 통해 전쟁의 허무를 고발하고 있다. 또한 洛夫는 「城市 도시」의 마지막 두 단락에서 대비적인 구절을 통해 기율이 없는 베트남전쟁의 본질을 보여주며 전쟁에 대한 질타와 풍자를 진행하고 있다.

酒吧開在禮拜六
砲彈開在禮拜三
裝甲車邊走邊嚼著一塊牛肉餅
而機關槍是一個達達主義者
把街上的積水
提升為一片夕陽

바는 토요일에 열리고
포탄은 수요일에 쏘고
장갑차는 운전해 가며 소고기떡을 씹고
기관총은 한 명의 다다주의자
거리에 고인 물은
한 조각 석양이 된다

기관총의 사격소리 '다다'를 유행을 따르는 다다주의자와 연결시키고, 사격으로 인한 붉은 피가 지면을 붉게 물들여 석양으로 보인다는 서술로 끝없이 지속되는 전쟁을 섬뜩하게 보여준다. 「西貢夜市 사이공 야시장」에서는 더욱 직접적으로 월남의 복잡하고 혼란스러운 상황을 말해준다.

一個黑人
兩個安南妹

三個高麗棒子
四個從百里居打完仗回來逛窯子的士兵
嚼口香糖的漢子
把手風琴拉成
一條那麼長的無人巷子
烤牛肉的味道從元子坊飄到陳國篡街穿過鐵絲網一直香到
化導院
和尚在開會

한 명의 흑인
두 명의 안남여자
세 명의 한국인
네 명의 쁠래이꾸에서 싸우고 돌아온 병사
껌 씹는 남자는
아코디언을 펼친다
아무도 없는 긴 골목에서
바비큐 냄새는 골목과 골목을 누비다 철조망을 건너
화도원까지 날아드는데
스님들은 회의를 하고 있다

1968년 10월 11일에 쓰여진 이 시는 그의 시집 『魔歌 마의 노래』에 수록된 것으로 시작부터 4개의 이미지를 병렬하여 여러 국적의 사람들이 모여 있는 베트남전쟁의 복잡성을 드러내고, 껌을 씹는 남자인 미군병사는 전쟁이 아니라 도리어 레저와 휴가를 즐기는 모습 같다. 사방으로 퍼지는 바비큐 냄새는 미군군영에서 나와 절간으로까지 풍겨와 스님들의 파계를 부르고, 회의 중인 스님들은 당시 베트남의 출가인들이 정치에 개입하기 시작하는 것을 비유한다. 이렇게 전쟁 중인 베트남에 여러 나라와 세력이 혼잡하게 개입하여 복잡하고 불안한 상황이 연출되고 있음을 보여준다. 洛夫는 2년간의 베트남생활로 비교적 근거리에서 체험한 전쟁을 객관적이고 냉정한 시각을 유지하면서 이미지를 동원해 간접적으로 표현하고 있다. 모더니즘운동을 주도한 만큼 그의 시는 이미지를 병렬하여 냉정한 언어로 설명 없이 제시하여 독자들이 그 의미를 추측할 수 있게 유도하고 있다 하겠다.

洛夫와 동일하게 『創世紀』 동인인 沙穗(1948-) 역시 1970년대 초기에 창작한 월남 시리즈 시작에서 반전정신과 인도적인 관심을 보여주고 있다. 이들 시는 이후 시집 『燕姬 연희』에 수록되었는데 「越南(戰時)」, 「越南(戰後)」와 「西貢基督 사이공 예수」로 나누어져 있다. 그중 「越南(戰時)」로 명명된 시의 일부분을 보자.

這是鐵器市場
人是用來展覽的

展覽給防毒面具看

這裡的樹
都結滿熟透的頭顱
風一吹就掉下來

他們用砲彈挖井
坦克耕田 機關槍揷秧
用眞的人靠在田邊
嚇麻雀
...
女人是最純的
連發是甚麽都不懂
卻被USA的槍和USSR的砲
輪姦

只有上帝最醜
躲在巴梨開會

이곳은 철기 시장
사람은 전시되는 물품
방독면에게 전시된다

이곳의 나무에는
익어 문드러진 해골들이 가득 열려 있어
바람이 불면 톡 하고 떨어진다

그들은 포탄으로 우물을 파고
탱크로 논을 갈며 기관총으로 모내기를 하고
진짜 사람을 논가에 세워
참새들을 쫓아낸다

여자는 가장 단순해서
따발총이 뭔지도 모르고
미국의 총과 소련의 포에
윤간당한다

세상에서 하느님이 가장 추악한 존재
프랑스 파리에 숨어서 회의를 연다

전쟁으로 파괴된 세상에서 나무, 벼이삭, 아이들 등 새 생명을 상징하는 것들은 모두 훼손되고 있다. 마지막 구절에서 하느님으로 상징되는 정부가 인민의 생명을 차치하고 임시방편의 협약을 맺은 것에 대해 신랄한 풍자를 하고 있다. 또한「사이공 예수」에서는 阮英이라는 미군을 상대하는 여성을 등장시키고 그녀의 눈에 미군병사 John과 예수의 이미지를 중첩시켜 베트남전쟁에서 미군이 가져다준다는 구원에 대한 비판의 은유로 사용하고 있다.

다음으로 당시 대만에서 활동하던 베트남화교 시인인 尹玲(1945-)과 方明(1954-)의 시를 들 수 있다. 尹玲은 베트남에서 태어나고 자랐으며 1969년 대만에 유학 와 대만대학 중문과에 다녔는데 이 기간에 전쟁이 발발했고 이로 인해 그녀의 가족은 뿔뿔이 흩어지고 큰 충격을 받았다. 그녀의 베트남전쟁 관련 시는 1980, 90년대에 대량으로 창작되었고 대부분 시집『當夜綻放如花 밤이 꽃처럼 피어날 때』에 실려 있다. 기존연구에 의하면 尹玲의 전쟁시는 다음 세 가지 특징을 가진다고 한다. (1)특정사건, 예를 들어 1968년의 '설날의 공습', 미군이 살포한 고엽제 '에이전트 오렌지 Agent Orange' 등과 관련이 있으며 전쟁에 대한 침통한 기억과 미국의 개입에 대한 비판을 진행하는 내용으로「講古 옛 이야기」,「巴比倫凄迷的星空下 바빌론의 처량한 별하늘 아래」,「他們終於要那朵雲開花 그들은 마침내 그 구름을 꽃 피웠네」,「彈花盛放彷若嘉年華 포탄이 카니발처럼 만개했네」 등 네 수에서 조롱하는 어투, 화려한 수사를 동원해 포탄이 떨어지는 고향을 침통한 심정으로 그려내고 있다. 예를 들어「講古 · 之一 옛 이야기 1」에서는 "咻咻飛過 슈슈 소리를 내며 날아가 / 子彈穿越心膛 총알은 가슴을 뚫고 / 屋外 槍炮同時歡呼 집 밖으로 날아가면 총과 포는 동시에 환호성을 지르며 / 慶賀另一世界的誕生 또 다른 세계의 탄생을 축하한다"라고 하여 환호, 축하, 탄생 등의 단어와 이와 상반되는 집이 폭격되고 사람이 죽어나가는 비참한 결과를 병치하고 있다. 고엽제 살포와 관련된 시로는 「橙縣種的那一棵樹 오렌지현에 심은 그 나무」, 「橙色的雨仍自高空飄落 오렌지색 비가 고공에서 흩날리고」, 「面貌 모습」등으로 베트남전쟁이 가져온 상처와 고통을 대변하고 있다. 예를 들어 「오렌지색 비가 고공에서 흩날리고」에서는 "我們的孩子 우리 아이들의 / 二十五年後的血 25년 후의 피 속에는 / 仍流著當時的天賜 여전히 당시 하늘이 준 것이 흘러 / 生下一張張扭曲的臉 일그러진 얼굴을 낳고"라는 구절이 있고, 또 「모습」에는 "都市成為平平的廢墟 도시는 평평한 폐허가 되고 / 森林頓化為無綠的荒野 삼림은 순식간에 푸르럼 없는 황야가 되고 / 橙色的雨深入廣的土地 오렌지색 비가 드넓은 대지에 스며들어 / 留下二十年無數畸形兒 20년간 무수한 기형아들을 남겼다 / 誰能慶祝勝利 누가 승리를 경축하나 / 贏的就是數不清的屍骨 이긴 것은 헤아릴 수 없는 시체와 해골들의 숫자"라고 하여 고엽제 후유증으로 기형아들이 태어난 것을 강렬하게 고발하고 있다. (2)월남전을 다루는 미국영화에 대한 견해이다. 「옛 이야기 2」는 오스카상을 수상한 〈디어헌트〉, 〈플래

툰〉, 〈풀 메탈 재킷〉 등의 영화를 보고 쓴 것으로 이들 영화가 단지 월남전을 소재로 할 뿐 월남인들에 대한 관심은 어디에도 찾아볼 수 없음을 비판하고 있다. 예를 들어 "디어헌트 / 플래툰 / 풀 메탈 재킷 / 힐튼 / 사이공 / 하늘과 땅과 사람 / 이 잘 팔리는 아름다운 꽃 / 헐리우드는 질리지도 않고 가지치기로 번식하네 / 1968 무신 남베트남"이라 하여 지속적으로 생산되는 베트남전쟁 소재의 미국영화와 미국의 태도를 비판하고 있다. (3)여성 특유의 시각을 보여준다. 생사이별의 슬픔과 전쟁하의 사랑과 욕망의 갈등을 소재로 한 작품들인데 「血仍未凝 피는 아직 응고되지 않았다」가 대표적으로 여전히 자유연애가 제한받고 있던 시절인 데다 전쟁으로 인해 여성은 숨어 지내는 날이 많고 남성은 어느 정글에서 포탄에 희생될지 모르는 상황에서 서로를 그리워하는 청춘남녀의 사랑을 그리고 있다. 이런 시들은 전쟁에 대한 직접적인 비판에서 벗어나 개인적이고 서정적인 여성의 목소리로 전쟁의 어두운 면을 그려내고 있다. 尹玲의 전쟁시들은 모두 월남전이 끝난 후 수십 년이 지난 후에 나온 것으로 과거의 역사에 대한 회고의 의미를 담고 있지만 여전히 아물지 않는 고통과 상처를 반복적으로 되뇌면서 결코 끝나지 않은 과거임을 환기시키고 있다.

또 다른 시인 方明도 베트남에서 나고 자랐으며 소년시절부터 창작활동을 했고 1970년대 중반기 대만유학 당시 대만대학 현대시사를 창립하기도 했으며 이후 파리와 타이베이를 오가며 창작을 이어갔는데 2003년 8월 출판한 시집 『生命是悲歡相連的鐵軌 인생은 슬픔과 즐거움이 연결된 철궤』에 실린 전쟁편(戰爭篇)에 8조의 시를 수록하고 있다. 그 중 「感覺 감각」이란 제하의 세 수가 모두 월남전을 제재로 한 것으로 매우 간결하고 힘 있는 언어로 전쟁을 표현하고 있다. 「감각 1」에는 "那夜, 炮火的紅焰 그날 밤 포화의 홍염이 / 使太陽頻頻失眠 태양조차 못 자게 하고"…"臥下。很多睡屍瞪目 누웠다. 시체들이 눈을 뜨고 / 鬻一瓢血液濯洗山河。피 한바가지를 떠 산하를 씻는다" 「감각 2」에서도 "黃昏的戰鼓撕著荒涼的雲塊 황혼의 전쟁 북소리가 황량한 구름조각을 찢네"로 시작해 고전적인 어휘를 운용하여 전쟁이 가져온 파괴를 생생하게 그리고 있다. 그 외 산문시 형식으로 쓴 「毀約以後 협약파기 후」는 파리 평화협약 이후에도 여전히 전쟁이 계속되는 모습을 그리면서 월남인민들이 겪는 고통을 모친의 이미지를 통해 드러내고 있고, 「訣 결별」에서는 무수한 베트남 청년들이 전쟁의 포화 속에서도 여전히 사랑을 갈구하는 모습을 그려내고 있다. 方明의 시 역시 대부분이 30~40년이 지난 후에 쓰여진 것으로 청소년 시기의 참담한 기억이 여전히 생생히 남아 있어 '어떻게 할 수 없는' 심정을 표현하기 위해 쓴 것이다.

다섯 번째로 고전시 형식(오 · 칠언 절귀, 율시와 고시)으로 월남전 당시 창작된 작품이다. 주요시인으로는 何南史, 羅尙(1924-2007), 李漁叔, 張夢機(1941-2010), 楊向時, 梁寒操(1898-1975) 등이 있다. 이들 시의 특징을 요약해 보면, (1)월남내부의 쿠데타, 끊임없는 정치투쟁, 국가분열 등 정치문제와 종교탄압으로 인해 끊임없이 발생하는 민원, 미국 등 외국의 지원에만 의지하는 정부의 무능과 부패에 대한 질타 (2)미국의 전략부족과 전쟁에서 승리로 이끌지 못하는 것에 대한 질책 (3)베트콩의 인민에 대한 가혹한 학대와 월남을 병탄하려는 야심에 대한 질책 (4)미국의 평화협약체결이 월남의 패망을 초래한 원흉임을 고발 (5)월남 총통 阮文紹가 월남 패망 전에 사퇴하고 해외로 도망한 것에 대한 비판 (6)정권에 대한 비판과 전쟁으로 인한 민생도탄에 대한 연민과 동정 등이다.

이상 대만문학 속의 베트남전쟁을 소설과 시로 나누어 간략하게 정리해 보았다. 소설은 당시 대만사회의 자본주의 발전과 맞물려 미군의 휴양지로 선정된 대만에서 그들을 외화벌이의 대상으로 보면서 일어나는 각종 해프닝과 전쟁의 참혹함으로 인한 파월미군들의 심리적 상처와 대만여성과의 유대를 그린 내용, 그리고 반공과 애국정신 고취의 목적으로 베트콩의 악행과 전쟁의 참혹함을 보여주는 내용으로 나눌 수 있다. 현대시의 경우 주로 강렬한 이미지와 힘 있는 수사를 통해 반전사상과 인도주의 정신을 고취하는 내용이 많고, 베트남전쟁 당시에 창작된 고전시는 기본적으로 반공의 기조에서 베트남정부와 미국의 개입, 전쟁의 참혹함에 대한 질타가 주를 이루고 있다.

최말순
대만 국립정치대학 대만문학연구소 교수. 식민과 냉전을 키워드로 대만과 한국의 근현대문학에 대한 대조연구를 진행하고 있다. 학술저서로는 한국에서 『식민과 냉전 하의 대만문학』(2019)을, 대만에서 『해도와 반도 : 일제시기 대만과 한국문학의 비교』(2013), 『식민과 냉전의 동아시아 시각 : 대만과 한국문학에 대한 한 관찰』(2021) 등이 있고, 『타이완의 근대문학 : 운동 · 제도 · 식민성1-3』(2013)을 한국에서, 『별이 바람에 스치운다 : 일제시기 한국소설대표작』(2020), 『누가 하늘을 보았다 하는가 : 해방 후 한국소설대표작』(2021)을 대만에서 펴냈다.

X 현장-비평

제주기후평화행진의 기록
—최성희, 엄문희, 황용운 그리고 '사람들'에게 감사하며

윤여일

제주기후평화행진의 여정은 2022년 9월에 느꼈던 조바심과 허탈감으로부터 비롯되었다. 그해 10월, 활동가인 최성희, 엄문희, 황용운과 나는 제주기후평화행진을 결성했다. 전달 '923기후정의행진'의 날에 우리 대부분은 제주에서 참가했다. 대중이 모일 만한 마땅한 광장이 없는 제주시 중심가에서 백여 명이 도로 한 차선을 따라 그저 행진하고 끝났다는 허탈감을 우리는 공유했다. 사건의 날이 되어야 마땅하지만 색다른 퍼포먼스도 없이 구호를 외치며 걸었고, 행진이 마무리되자 잠시 통제되던 차선은 복원되고 번화한 중심가에 우리는 덩그러니 남겨졌다. 그리고는 개개인으로 흩어졌다. 기후재난 사태는 나날이 고조되는데 '사건의 날'은 일 년 중 단 하루이며, 그날이 별다른 사건도 되지 못했다는 조바심도 우리는 공유했다.

서로 간에 같은 걸 느꼈음을 알게 되자 결성은 순식간이었다. 세 활동가와는 제주 제2공항 건설을 막기 위해 2019년 제주도청 맞은편에 천막들을 쳐서 '도청앞 천막촌'이 생겨났을 때 거기서 함께했다. '기후평화행진'이라는 활동명도 "우리의 걸음만큼 세상은 움직인다"는 슬로건도 첫 회합에서 바로 결정되었다.

우리는 달에 한 번씩 제주의 기후재난 현장에 찾아간다는 활동 방침을 세웠다. 매달 새로운 장소를 정하고, 이를 SNS와 동행취재를 해준 『제주투데이』를 통해 알려 참여한 시민들과 함께 답사한 뒤 시민광장을 열어 그 현장에서 드러난 기후위기의 현주소, 기후위기를 방조하는 경제체계, 장기비상시대로 진입하여 지속불가능한 인간사회와 지구생태계에 대해 이야기 나누기로 했다. 재활용 분리배출이나 바다쓰레기 줍기 같은 소극적 역할에서 벗어나 지역민이자 시민이자 지구인으로서 해야 할 직접행동에 나서고 공론장을 펼치기로 마음먹었다.

열 곳

우리는 일 년간 총 열 곳을 다녔다. 열 차례의 여정을 순서대로 정리하면 다음과 같다.

	관련 사업	추진주체	주요 반대단체	현 상황	관련 이슈
강정	제주해군기지 진입도로 개설사업	제주 민군 복합항 건설 추진단	강정천을 지키는 사람들, 강정마을 해군기지반대 주민회	공사 진행 중	기지촌, 생존권, 하천생태계
월정	동부하수 처리장 증설사업	제주도 상하수도 본부	월정리 비상대책 위원회, 용천동굴을 지키는 사람들	공사 진행 중	바다 오염, 해녀생존권, 하수처리분산화
알뜨르	제주대평화 공원 조성사업	제주도정	송악산 개발 반대대책위원회, 송악산을 사랑하는 사람들	부지 확보 중	송악산 인근 개발, 역사기억, 평화의 섬
비자림로	비자림로 확장공사	제주도정	비자림로를 지키기 위해 뭐라도 하려는 시민모임, 도청앞 천막촌 사람들	공사 재개	도로확장, 생물다양성, 멸종위기종
새별오름	제주들불축제	제주시	제주기후평화행진	오름 불놓기 폐지	생태학살적 축제, 위장환경주의, 화석연료
신산	제주제2공항 건설 사업	국토부	제2공항 성산읍 반대비상대책위원회, 제2공항비상 도민회의, 도청앞 천막촌 사람들	기본계획 고시 이전	환경수용력, 오름 절취, 군사적 이용 가능성
국가위성 통합운영 센터	국가위성통합 운영센터 확장	한국 항공우주 연구원	강정평화네트워크, 비무장평화의 섬 제주를 만드는 사람들	연계시설 계획 중	곶자왈 훼손, 민간우주산업, 저궤도 위성
서귀포시	서귀포시 도시우회도로 개설사업	제주도정	서귀포시 도시우회도로 녹지공원화를 바라는 사람들	공사 중	교육환경권, 불투수층, 맹꽁이 서식지
화순	해양경찰 전용부두 방파제 축조 공사	제주도정	『제주투데이』 김재훈 기자 취재 중	해안 황폐화	해수 흐름 변경, 모래 유실, 어장 황폐화
온평	제주 제2공항 건설 사업	국토부	제2공항비상도민회의, 도청앞 천막촌 사람	동굴 실태 파악 불가	동굴 훼손, 지하수 고갈, 하수 처리

강정

첫 번째 행선지는 강정이었다. 2010년대 이후 제주의 환경운동은 강정에서 온 것들이 많다. 강정의 운동은 국책사업을 멈춰 세우는 싸움이었고 장기투쟁이었다. 제주해군기지는 끝내 2016년 2월 준공되었다. 그러나 가동된 이후 다행인지 불행인지 제 기능을 못 하고 있다. 강정 앞바다는 바다가 육지 안쪽으로 들어오는 만이 아니라 바다 쪽으로 튀어나온 곶의 형상이다. 더구나 수심이 얕아 애초 큰 군함의 접안이 어려웠다. 강정 앞바다의 범섬을 피해 크게 변침해야 해서 해군기지 건설 초기에는 연산호 군락지인 범섬을 폭파하려는 구상도 있었다. 풍랑이 센 날은 군함들이 정박하지 못하고 서귀포항으로 피항했다.

그런데도 제주해군기지가 지어지니 해군도로 진입도로가 건설 중이다. 2.08km 길이의 왕복 4차선 도로와 강정천을 가로지르는 55m 길이의 교량이 해군기지 정문과 일주도로를 잇는다. 공사 현장 곳곳에는 '상수원보호구역'이라는 표지판이 들어서 있다. 상수원보호구역에는 유해물질, 농약, 오수 등의 투기가 금지되어 있으나 이제 주위로 차량이 비점

오염물질을 뿌리며 지나다닐 것이다. 강정천은 주요 식수원인데 공사가 시작되자 수질이 악화되고 깔따구 유충이 나왔다. 원앙들이 더 이상 강정천을 찾지 않는다. 500년간 살아온 국가지정문화재 천연기념물이자 마을의 신목神木인 담팔수가 부러졌다. 인근의 주상절리가 깨지고 군데군데 땅 꺼짐 현상도 나타났다. 'Ecocide = Suicide'라는 문구의 깃발이 공사 현장에서 나부끼고 있었다.

월정

두 번째 행선지는 월정리였다. 이곳은 동부하수처리장 증설 사업이 문제로 제주의 환경갈등 사안들 중 다소 이질적이다. 다른 현장들은 강정의 해군기지, 성산의 제2공항 건설 사업이나 서귀포시우회도로, 비자림로처럼 도로 건설 및 확장 사업처럼 농지, 초지, 산림, 해안가, 도시 속 녹지공간 등의 편입과 변형을 동반한다. 그런데 월정리 동부하수처리장 증설 사업은 명목상으로는 생활오수 등을 정화하여 바다로 방류하는 처리 용량을 늘림으로써 환경오염 저감을 목적으로 한다.

제주 거주 인구와 관광객 증가로 오폐수가 늘어나자 2017년 제주도정은 월정리에 위치한 동부하수처리장의 하수처리량을 두 배 늘린다는 계획을 내놓았다. 그런데 이에 대해 처리 후 바다로 방류되는 하수량이 늘어나 마을 앞바다가 황폐해질 것을 우려한 주민들, 특히 해녀들이 거세게 반대해 증설 공사가 6년 넘게 지연되었다. 월정리는 농어촌으로서 밭과 함께 어장이 생계의 주요 터전인데, 월정리 지하에 존재하는 용암동굴(용천동굴, 당처물동굴)이 2007년 '제주 화산섬과 용암동굴'로 유네스코 세계자연유산에 등재됨에 따라 동굴 지상부의 농토가 강제 편입되어 농사의 제약이 생겼다. 거기에 최근 십 년 사이에 관광지로 부상해 환경부하가 커졌으며, 동부하수처리장이 인근 도시부의 하수까지 처리하기에 처리량이 점차 늘어남에 따라 마을 근해가 오염되어 어장의 활용도마저 낮아지고 있다.

월정리 해녀회를 비롯한 반대단체가 세계유산인 용천동굴의 보호를 동부하수처리장 증설 반대의 논리적 근거로 삼음으로써 이 사안은 마을(월정리), 지방(제주도), 국가(한국), 세계(유네스코) 차원의 행위자들이 얽히는 문제가 되었다.

알뜨르

세 번째 행선지는 알뜨르였다. 서귀포시 송악산 근처로 일제

식민지 시대에 비행장이 조성된 곳이다. 알뜨르는 '아래 벌판'을 뜻하는 제주말이다. 알뜨르비행장은 1933년 일본이 중국 침략을 위해 만든 불시착륙장이었다. 1937년 12월 13일에 시작된 이른바 난징대학살로 사망한 중국인은 30만 명 이상으로 추정되는데, 당시 일본 본토의 오무라항공대에서 출발한 전투기들은 알뜨르비행장에서 중간 기착하여 급유와 정비를 했다.

2014년부터 매년 12월 13일에 '난징대학살을 기억하는 사람들'은 이곳에 모여 제주가 진정한 비무장 평화의 섬으로 나아가길 염원하며 난징대학살 추모제를 이어가고 있다. 또한 이곳은 1980년대 후반에 공군기지가 들어설 뻔했으나 주민들의 반대운동으로 무산된 땅이다. 제주에서 국책사업을 막아낸 유일한 사례로 평가된다.

현재 이곳에서 제주평화대공원 기획이 추진 중이다. 이 구상은 국방부로부터 알뜨르비행장을 무상 임대하고 송악산 일대의 사유지를 공적 매입해서 진행될 계획이다. 이곳이 기후평화행진의 행선지가 된 까닭은 제주평화대공원 조성 과정에서 주민과 도민들의 의견이 배제되고 있기 때문이다.

평화교육의 산실이 되어야 함에도 중앙정부, 제주도정, 군, 관료 그리고 개발업자들 사이의 이해관계로 기형적 결과가 나올 게 우려되는 것이다. 서부 관광의 중심지로 만든다는 명목하에 피스워싱(peacewashing, 평화시늉)으로 전락할 수도 있다. 참가자들은 평화를 염원하는 시민들이 참여해 제주는 결코 '전쟁의 전초기지'가 되지 않겠다는 명확한 의지가 제주평화대공원에 담기기를 원했다.

비자림로

네 번째 행선지는 비자림로였다. 비자림로 공사는 조천읍 대천교차로에서 금백조로 입구까지 2.94km 구간을 2차로에서 4차로로 확장하는 사업이다. 총 242억 원의 예산을 투입해 2021년 6월 완공할 계획이었으나 지금까지도 공사는 끝나지 않았다. 공사 시작 이틀 만에 삼나무 915그루가 송두리째 베어지자 사회적 논란이 일었고, 제주 시민사회단체들이 공사 중단을 강력히 촉구해 공사가 멈췄다.

특히 착공으로부터 열흘도 안 되어 '비자로를 지키기 위해 뭐라도 하려는 시민모임'이 공사 현장에 나타나 50여 명이 "나는 제주에 식생하는 ○○○입니다"라고 적은 종이를 들고 잘려나간 삼나무 밑동 옆에 서서 퍼포먼스를 했다. 이들은 처음에는 공사의 필요성에 대해 행정당국에 문의하더니 시간이 지나며 사업 자체의 정당성을 심문하는 쪽으로 나아갔다. 이들은 삼나무숲에서 다양한 생물종을 조사해 비자림로 숲의 보존 가치를 부각시켰다. 멸종위기종을 찾아내고 '비자림로 생물다양성 아카이브'를 만드는 작업에 나섰다. 전문가들과 협력해 환경영향평가서의 부실을 드러냈다.

하지만 공사는 끝내 재개되었다. 제주도정은 멸종위기종 대체서식지 이전, 생태도로 설치, 도로 폭 축소 등의 환경영향 저감방안을 담아 설계 변경을 추진했다. 그런데 실상 멸종위기종 대체서식지 이전은 애기뿔소똥구리 등 법정보호종을 찾아내 공사장 바깥으로 옮기고 공사장에는 펜스를 치는 것을 의미했고, 생태도로란 중앙분리대에 편백나무를 식재한다는 뜻이었고, 그로 인해 오히려 도로 폭이 늘어나 공사의 반경도 넓어졌다. 수천 단위의 나무들이 잘려나갔다.

기후평화행진의 날, 현장은 공사가 한창이었다. 공사구역이 넓어 안내포스터상 주소로 사람들이 찾아와도 만나기가 어려웠다. 나무들의 무덤에서 참가자들은 무겁게 숲의 보존, 생물다양성, 도로 건설, 제주 난개발, 제2공항, 미래세대 그리고 환경보존의 최전선에 자리하는 나무에 대해 이야기했다.

새별오름

다섯 번째 행선지는 새별오름이었다. 이번에 문제 삼은 것은 축제였다. 제주들불축제는 제주목축문화인 방애(들불놓기)를 재현해 저녁 무렵 새별오름을 불사르는 것이 절정이다. 1997년 옛 북제주군의 행사로 시작되었다가 제주 최대의 축제로 성장했다.

하지만 우리는 제주들불축제를 소비주의적인 성격의 생태학살로 여겼다. 두 시간 남짓의 스펙터클을 위해 오름 전체가 불태워져 식생 활동이 단절되고, 오름 주위로는 일 년 내내 아스팔트가 덮여 있다. 차량 3000여 대가 동시에 주차할 수 있는 새별오름 주차장 면적은 10만4243m^2로 제주도 내 최대 규모다.

축제를 위해 휘발유를 뿌려서라도 오름을 송두리째 태울 수 있다는 인식도, 불태우기 전 오름을 레이저쇼 스크린으로 활용하는 감수성도 천박하기 그지없다. 관광객은 차를 타고 와서 아스팔트 위로 잔뜩 늘어선 먹거리 부스를 지나 인파 속으로 들어가 오름 전체가 타는 걸 구경하고는 극심한 차량 정체를 경험하며 빠져나간다. 남겨지는 것은 재가 된 초지와 대량의 쓰레기다. 제주도정은 들불축제를 '친환경 축제'라고 선전하지만 그린워싱(greenwashing, 위장환경주의)의 소지가 다분하다. 제주에서 '친'親환경은 생태'친'화적이라기보다 인간이 자연에 가까이(親), 훼손할 만큼 가까이 다가간다는 의미로 쓰이는 일이 잦다.

기후평화행진에서 참가자들은 피케팅과 기자회견으로 항의행동에 나섰다. 같은 시기 제주녹색당은 '제주특별자치도 숙의민주주의 실현을 위한 주민참여 기본조례'를 활용해 '들불축제 숙의형 정책개발 청구인'을 모집했다. 당시 지구촌 곳곳에서 대형 산불이 연이어지고 있기도 해서 들불축제 반대 목소리가 빠르게 번져갔다. 숙의형 원탁회의에는 총 749명의 시민들이 청구인으로 참여해 논의 결과를 바탕으로 제주들불축제에서 '오름불 놓기' 행사는 사라지게 되었다.

신산

여섯 번째 행선지는 성산읍 신산리였다. 국토교통부는 이곳에 제주 제2공항 건설을 추진 중이다. 신산리의 오름인 독

자봉에 올라갔다. 전망대에 이르자 제주 동쪽 풍광이 한눈에 들어왔는데 오름 너머로 오름이 겹겹이다. 이 전망대는 공항 부지를 조망하려고 만들어졌다. 저 오름들 사이로 활주로가 닦이고 공항과 건물이 들어선다.

제주 제2공항 건설 계획은 연간 2,500만 명이 제주에 더 드나들 수 있도록 해서 현 제주 공항과 합쳐 4,000만 명 이상이 제주를 오가게 하겠다는 게 명목이다. 관광객 2,000만 시대를 열겠다는 것이다. 제주 관광객 수는 2010년 758만 명에서 2022년 1,381만 명으로 크게 늘었다. 제주는 이미 하수처리와 쓰레기처리 능력이 포화상태에 이르렀고 교통체증도 심각하다. 관광객 2,000만 명은 달성도 불가능하지만, 제주의 환경수용력을 한참 초과한다. 제주는 1970년대부터 '동양의 화와이'를 표방하며 마찬가지로 화산섬인 하와이를 관광지화의 모델로 삼았는데, 면적은 하와이가 제주의 15배 정도로 크지만 인구수는 하와이가 약 100만 명, 제주가 70만 명으로 1.5배 차이이며, 관광객 수는 제주가 이미 2015년에 1,000만 명을 넘어서 하와이(같은 해 817만 명)를 앞질렀다.

관광지형 '국제자유도시 제주'를 위한 다양한 개발 프로젝트는 중산간 골프장 개발, 해안가 리조트 건설 그리고 이에 따른 도로 확장 등 인프라 구축을 동반했다. 빠르게 추진된 개발의 이면에 환경 오염, 생태계 파괴, 마을공동체 해체 같은 사회적 문제와 갈등이 나타나고 있다. 제주 제2공항 건설을 막기 위해 형성된 '도청앞 천막촌'이 제2공항 건설을 반대하는 열 가지 주요 이유는 이러했다. 1. 오름을 깎아야 해서 제주도 동부 오름 군락의 지금 모습을 영원히 잃고 만다. 2. 공항부지 내 동굴과 철새도래지가 훼손될 뿐 아니라 지반 침하와 조류 충돌로 인해 사고가능성이 높은 공항이 된다. 3. 제2공항 인근 주민의 재산권 행사가 제한되고 심각한 소음피해가 발생한다. 4. 제2공항의 군사적 이용가능성이 상존하며, 한미상호방위조약에 근거해 미군이 활용할 경우 제주도의 군사적 위험성이 가중된다. 5. 관광객 수가 크게 늘어도 항공사와 제주도의 상위 호텔이 항공료와 숙박비 수익을 독점하며 쓰레기 증가, 수질오염 등 제주도의 환경오염이 심화된다. 6. 관광객 수가 크게 늘어나 제주도의 교통이 혼잡해진다. 도로 확장 시 막대한 재원이 소요되며 자연환경이 훼손된다. 7. 기존공항과 제2공항의 역할 분배로 제주도 동부 지역 바깥에서는 공항에 접근하는 시간과 비용이 크게 늘어난다. 8. 제2공항 건설과 인프라 구축에 막대한 재원이 소요되면 현 공항 시설의 충실한 개선이 어려워지고 도민복지사업이 전반적으로 위축된다. 9. 제2공항 인근 일부 지역의 부동산 가격이 요동해 해당 토지소유주는 이익을 얻지만 전반적인 물가 상승을 부추기고 지역 간 불균등 발전이 심화된다. 10. 장기간의 건설과정 동안 성산 지역의 주민 간, 제주도 전역의 도민 간에 돌이킬 수 없는 사회적 갈등이 초래된다.

국가위성통합운영센터

일곱 번째 행선지는 국가위성통합운영센터였다. 포스터에는 동백동산습지센터라고 올렸지만, 우리의 동선을 노출시키지 않기 위한 일종의 연막으로 여기서 모여 이야기 나눈 뒤 국가위성통합운영센터로 향했다. 구좌읍 덕천리에 자리 잡고 있으며, 한국항공우주연구원이 조성한 국내 최초의 저궤도위성통괄기관이다. 이미 쏘아 올렸거나 앞으로 쏘아 올릴 다수의 국가위성을 통합 관제하는 역할을 한다. 항우연은 2030년까지 발사될 70여 기의 저궤도 위성들을 이곳에서 관리할 계획이다.

최근 제주에서는 우주 산업이 빠르게 전개되고 있다. 제주도 도시계획위원회는 한화시스템의 공장 신축 개발행위를 조건부로 허가해 제주해군기지에서 가까운 옛 탐라대학 부지에 우주센터가 건립될 예정이다. 작년 12월에는 제주 해상에서 국방과학연구소가 개발 중인 고체연료 우주발사체를 바탕으로 한화시스템이 위성을 쏘아올렸다. 우주 스타트업 페리지 에어로스페이스는 해상 발사장 건립을 계획 중이다.

이날은 기후평화행진 중 참가자가 가장 적었고 가장 조심스러웠다. 일반인 출입제한구역이라 담 밖에서만 쳐다볼 수 있었다. 어디까지가 위법인지 알 수 없으나 사진도 도촬하듯 찍고 경비가 나오기 전에 서둘러 떠났다. 하지만 왜 우리가 국가위성통합운영센터로 향했는지는 동백동산습지센터에서 최성희가 똑똑히 들려주었다. 우주산업 발전이 기후위기 악화와 제주 군사화를 촉진할 수 있다는 것이었다. 먼저 위성 제작과 로켓 발사는 직접적으로 환경 오염을 유발한다. 로켓 발사로 이산화탄소, 염소, 알루미나 등이 배출되면 오존층이 파괴되고 질소산화물은 호흡기 질환과 산성비를 유발한다. 위성은 회수할 수 없는 우주 쓰레기로 남거나 재진입 과정에서 잔해를 발생시켜 미세입자 오염을 야기한다. 둘째, 장기적으로 기후위기를 악화시킨다. 로켓을 한 번 발사하는 데 들어가는 연료는 하루 종일 운항하는 비행기의 연료 사용량과 맞먹는다. 셋째, 인공위성이 군사적으로 사용될 수 있다. 작년 12월 발사된 합성개구레이더(SAR) 위성도 군사적으로 쓰일 수 있다. 제주에서의 위성 제작과 로켓 발사 활동은 제주의 군사화를 가속화할 가능성이 크다. 넷째, 주민들의 생업 및 안전 문제를 야기한다. 이번 위성 발사를 앞두고 언론에는 관련 기사가 거의 나오지 않았다. 발사일을 정확히 알 수 없는 채로 발사 수일 전 해상발사대 인근 마을에 가보았는데, 거기서 만난 주민은 갑자기 앞바다에 출몰한 해상발사대의 정체를 궁금해하고 있었다. 끝끝내 해상발사장 인근의 해안가에서 대기하다가 발사 장면을 포착한 최성희가 보내준 동영상에서는 엄청난 소음이 전해졌다. 발사가 성공하고 나서야 언론은 '제주 우주산업 본격화', '우주산업 전진기지'라며 대서특필했다.

서귀포시

여덟 번째 행선지는 서귀포시 도시우회도로 건설 현장이었다. 서귀포시 호근동 용당삼거리부터 토평동 삼성여고사거리까지 4.2km 구간에 왕복 4~6차선 도로를 건설 중이다. 이 사업의 주된 목적은 서귀포시 도심지의 교통난 해소다. 애초 계획이 수립된 것은 1960년대였다. 반세기 전에 도장이 찍힌 문서는 그 사이 부지 위로 학생문화원, 빌라, 과수원이 자리잡고 주위로 여러 도로가 깔렸는데도 망령처럼 배회하더니

기어코 자기실현을 해내고 만다.

이 사업은 제주도교육청도 반대했다. 일부 구간이 서귀포시 학생문화원과 도서관 등을 관통해 교육권을 침해하고 학생 안전을 위협할 수 있기 때문이다. 우리는 서귀포시 학생문화원에 모였다. 학생문화원은 서귀포시의 어린이, 학생, 시민들에게 학습과 놀이 공간으로 활용되고 있다. 기후평화행진 중 어린 참가자들이 가장 많은 날이었다. 그들은 행사가 끝나자 앞뜰의 나무에 매달려 놀았다. 그 나무에 올랐던 어린 시절 기억을 간직한 대학생도 참가자 중 한 명이었다.

서귀포시 도시우회도로 건설 사업은 도로 개설에 따른 교육권 침해가 일차적 문제였다. 빙 둘러 앉아 대화를 나누다 보니 환경권 침해의 문제도 드러났다. 대규모 도로 건설로 불투수층이 늘어난다. 녹지가 아스팔트로 덮이면 도시 열섬화를 유발한다. 자동차 통행으로 발생하는 비점오염물질은 도로 인근의 하천으로 흘러들어가 수질을 악화시킨다. 도로 건설 구간에는 멸종위기종인 맹꽁이의 서식지가 자리하고 있다.

화순

아홉 번째 행선지는 화순이었다. 화순의 해안들로 향했다. 우리는 '제주기후평화행진-바다편'이라고 명명했다. 먼저 산방산 쪽에서 모여 황우치해안과 금모래해안을 내려다보았다. 황우치해안은 편평한 암반과 크고 작은 바위들이 드러나 있었다. 즉 모래가 없었다. 옛 모습을 기억하는 사람들에게 황우치 해안은 제주에서는 드물게 백사장이 깔린 빼어난 해안이었다. 그 옆의 금모래해안도 이름과 달리 지금은 황량했다. 피부가 벗겨지고 치부가 드러나 있는 듯했다. 그 많은 모래는 왜 사라졌을까.

그것은 금모래해안의 수질이 악화된 이유와 다르지 않았다. 화순항 방파제에 가로막히자 금모래해안은 해류의 순환이 약화되어 오염물질이 바깥 바다로 제대로 빠져나가지 못했다. 약 900m에 달하는 화순항 동방파제에 더해 2013년 해경부두 방파제까지 건설되며 바닷물의 흐름이 원활하지 않다. 황우치해안에 쌓여 있던 모래는 바다 쪽으로 쓸려가고 암반이 드러났다. 해안에서 빠져나간 모래들이 바다 아래 깔리면서 해양생물의 서식지를 덮어버려 해삼, 뿔소 등이 폐사했다.

그러자 행정은 땜질식 복원에 나섰다. 제주도정은 2018년 황우치해안 백사장을 복원하기 위해 화순항 관공선부두 공사 때 발생한 모래와 파쇄석을 이곳에 쏟아부었다. 그 양은 약 18만 톤으로 공사 차량 20톤 트럭 기준 900대가 모래와 바위를 이곳으로 실어 나른 셈이다. 거기에 더해 바다 아래 해수 흐름을 막기 위해 수중 방파제 2기도 설치했다. 소요 예산 160억 원. 그렇게 조성한 백사장의 모래들은 다시 파도에 모두 쓸려갔다. 단 두 달만에. 황우치해안의 경관은 전보다 더욱 흉측해졌다.

온평

마지막 행선지는 온평이었다. 동굴을 통해 지하를 상상하고자 했다. 이번은 '제주기후평화행진-지하편'이라고 명명했다. 수산동굴 같은 용암동굴은 학술적 · 문화재적 가치가 높지만 일반 시민이 접근하기 어려워 그 보존가치에 대한 사회적 논의가 활발하지 않다.

동굴을 통해 지하를 상상하고, 지하를 통해 상상하고자 했던 것은 지하수였다. 제주는 지표수가 많지 않아 지하수에 의존하며, 따라서 지하수의 보존과 관리가 지역 생활에서 관건이다. 그러나 농사에서 농약 남용, 양돈장에서 분뇨 방출, 양식장에서 화학물질 처리 등으로 오염이 심각하다. 리조트, 골프장, 양식장에서 지하수를 대량으로 사용하고, 먹는 샘물로 상품화해 대거 뽑아쓰면서 지하수 수위가 낮아지고 있다.

제주의 물 문제는 제주의 지질학적 특성에서 비롯된다. 신생대 후기부터 역사 시대까지 활발한 화산 활동에 의해 형성된 화산섬으로 다양한 화산지형이 발달해 있으며, 지하에는 약 160여 개의 용암동굴이 확인되었다. 용암동굴은 중요한 기능을 한다. 폭우가 쏟아져도 물난리가 나지 않는 까닭은 빗물이 천을 따라 흘러 숨골을 통해 지하수로 유입되기 때문이다. 숨골은 지표수가 지하로 함양되는 통로로 기능한다. 땅의 숨구멍이다.

제2공항 건설 예정지에도 150개 넘은 숨골이 있는 것으로 밝혀졌다. 아스팔트를 깔아 그 숨골을 막았을 때 어떤 일이 벌어질지는 얼마간 예상할 수 있다. 제주에서는 2007년 태풍 나리 때의 물난리 기억이 크다. 한라산에서 폭우로 떠

밀려 내려온 나무들이 한천, 병문천, 산지천 등 제주 시내 주요 하천의 복개교를 막아서 냇물이 범람하는 바람에 13명이 사망했다. 물빠짐이 좋은 제주에서 하천들을 복개하기 전에는 없었던 사건이다. 그래서 수해의 최대 원인인 하천들의 복개 구간을 일부 뜯어냈다. 2019년 국립기상과학원 측의 자료에 따르면 제2공항 건설 예정지인 성산 지역의 연간 강수량은 2,090mm, 강수일수는 139일로 현 제주공항보다 강수량은 50% 이상, 강수일수도 26일이나 많은 것으로 집계되었다. 활주로는 일단 깔아버리면 뜯어내기 힘들 것이다.

환경과 평화

강정천 물 밑 바위들 위에 쌓인 토사에 한숨이 나오고, 그래도 이 기후평화행진이 좋았던 것은 많은 이들이 서로 침

통합도, 희망도, 의지도 나누었기 때문이다. 전 세계 군사비 지출 국가 순위는 묘하게도 전 세계 탄소배출 순위와 비슷하다. 또한 전 세계 군사비를 다 합한 2조 달러는 기후위기 취약 국가들을 도울 수 있는 금액과 비슷하다 한다. 끊임없는 기지 건설, 확장, 군사훈련을 중단시키기 위해 노력하는 것. 그 이야기들을 알리고 나누는 것. 그것이 기후재앙에 봉착한 우리가 해야 되는 일의 하나일 것이다. (첫 번째 기후평화행진 날, 최성희의 페이스북에서)

일 년간의 여정을 돌이켜보면 첫 회합 때 즉흥적으로 정한 '기후평화행진'이라는 우리의 이름은 적절한 것이었다. 기후변화는 인간 안보의 위험을 증가시킨다. 기후변화는 분쟁의 가능성을 높인다. 기후변화는 젠더, 민족, 연령, 장애 등 사회적 차별의 문제와 교차해 더 큰 위험을 초래한다. 재난 발생 시 약자의 생존율은 현저히 낮아진다. '기후정의'는 제주에서 '기후평화'로 구현되어야 한다.

기후평화행진에서 우리가 목도한 개발 혹은 훼손 사업들은 대부분 중앙 내지 지방 정부가 추진하는 프로젝트였다. 제주해군기지, 국가위성통합운영센터 같은 국책사업으로부터 제주도정이 진행하는 서귀포시 도시우회도로, 비자림로 확장공사, 알뜨르 제주평화대공원, 화순항 방파제 그리고 제주시가 주관하는 제주들불축제에 이르기까지. 그 문제들은 이면에 다양한 이해관계가 잠복해 있어 한결같이 복잡했다. 자연 오염, 생태계 훼손만이 아니라 사회적 약자의 피해, 마을공동체의 분열 같은 여러 차원의 사회적 문제를 내포하고 있었다. 강정, 성산, 화순, 월정에서 저 사업들은 생태원형을 훼손하고 마을주민 간 불란을 초래했다. 마을의 평화를 깨뜨렸다. '도로는 곧 발전'이라는 통념에서 힘을 받는 비자림로 확장, 제주해군기지 진입도로 건설, 서귀포시 도시우회도로 건설의 현장에서 평화는 발전과 맞부딪치는 가치였다.

또한 제주해군기지가 들어선 강정만이 아니라 제주 제2공항이 예정된 성산에서도 환경 훼손은 곧 평화의 문제였다. 해군기지가 생겼다. 다음은 공군기지다. 제주 제2공항은 현 제주공항의 두 배 규모다. 그 넓은 공간을 민간항공기가 다 채울 가능성은 희박하다. 특히 제주해군기지와 마찬가지로 미군의 활용이 우려된다. 비자림로 확장 공사가 끝나면 비자림로에서 성산으로 이어지는 금백조로의 확장 공사가 시작될 예정이다. 비자림로는 실은 제2공항 연계도로다.

식민주의

기후평화행진 동안 엄문희가 몇 차례나 언급한 자료가 있다. 2022년 4월 발표된 '기후변화에 관한 정부 간 패널

(Intergovernmental Panel on Climate Change, IPCC)' 제3실무그룹의 보고서다. IPCC는 기후변화에 관한 전 지구적 위험을 평가하고 국제적 대책을 마련하기 위해 세계기상기구(WMO)와 유엔환경계획(UNEP)이 1988년 공동으로 설립한 국제협의체다. 기후변화의 원인과 현상, 미래를 과학적으로 분석한 제1실무그룹 보고서(2021년 8월)와 기후변화로 야기된 영향과 취약성 등 다양한 결과를 담은 제2실무그룹 보고서(2022년 2월)에 이은 보고서다. 제3실무그룹에는 사회학, 경제학, 지리학, 인류학, 국제개발 등 사회과학 분야 연구자들의 참여가 늘어났다. 이들이 작성한 보고서는 복합적 차원의 해법과 시스템 전환에 상당한 지면을 할애하고 있다.

엄문희가 이 보고서에서 주시한 것은 기후변화의 원인이 '식민주의'라는 문구였다. 분명 현재 가속화되고 있는 여섯 번째 대멸종은 여성보다 남성이, 자연보다 문명이, 비서

구보다 서구가 우월하다는 이원주의에서 기인한다. 외부를 착취하는 식민지배와 내부를 착취하는 가부장제에 기반한 자본 중심 발전주의가 기후위기를 가속화했다. 전 세계 소득 상위 10% 인구가 전체 온실가스의 50% 이상을 배출한다. 기후위기는 전 지구적 산업문명을 구축해온 선진자본주의 국가들 탓이 크지만, 이로부터 발생한 위기는 지역, 젠더, 인종, 계급 등에 따라 차별적으로 확산된다. 무엇보다 이 위기는 자연 세계에 가해진 식민주의의 결과다.

엄문희가 힘주어 '식민주의'를 강조할 때 나는 '전가'라는 개념을 떠올렸다. 오늘날 식민주의는 그의 말처럼 전통적인 영토 복속이나 전쟁보다는 일상에 촘촘하게 삼투한 전가의 시스템을 통해 관철된다. 국가 혹은 민족 간에서만 작동하는 것도 아니다. 인구의 다수가 살아가는 대도시는 전가의 시스템 위에 구축해 있다. 송전탑, 핵발전소, 쓰레기처리장, 공항 그리고 군사기지가 대도시를 위해 대도시가 아닌 곳에 세워져 있다. 쓰고 버리는 생활. 그 목적어가 전기든 옷이든 먹거리이든 그 생활의 앞뒤로 수많은 것들이 전가된다. 스마트폰이 패스트패션이 소고기가 무엇을, 누구를, 어디를 희생시켜 만들어졌다가 무엇을, 누구를, 어디를 더럽히며 버려지는가. 인간의 활동은 자연뿐만 아니라 사회적 약자들에게도 전가되고 있다. 핵 발전소, 광산, 하수처리장은 가난한 지역에 설치되며 사회적 불평등을 심화한다.

착취는 생산 과정에서 드러나는 전가의 일부다. 전가는 생산과 폐기에 걸쳐 있다. 빼앗는 것보다 떠넘기는 것은 알아차리기 어렵다. 전가는 광범위하고 간접적이고 비가시적으로 진행된다. 기후평화행진에서 우리가 직시하려 한 것은 전가였다. '사업'이란 이름으로 공공연히 땅을 빼앗고 숲을 파헤치고, 오름을 깎을 때 그 폭력은 미래의 또 다른 전가와 관련되어 있으며, 그 사업들에 저항하는 사람들은 더 이상의 떠넘김을 떠맡지 않겠다고 외치고 있었던 것이다.

제주

제주는 전통적 식민주의와 현대적 전가가 교차하는 땅이다. 제주는 교량이자 요충지로 그 지정학적 중요성이 묘사되곤 했다. 아슬아슬한 경계에 있는 것이다. 그 경계적 위치에서 역사적으로 신산을 맛봤다. 원제국의 일본 침공 거점이었고, 일본제국의 중국 폭격 전략기지였고, 현재 미국제국의 중국 견제 요충지다. 전 세계에 이념의 선이 그어지던 냉전체제 성립 시기에는 붉은 섬으로 내몰려 4·3을 겪었다. 탈냉전기에 이르러서는 정부가 '세계평화의 섬'으로 지정하던 시기에 군사기지화가 전개되었고, 제주도정이 '세계환경수도'임을 스스로 선언하던 시기에 "제주도를 사람·상품·자본의 이동이 자유롭고, 기업 활동의 편의가 최대한 보장되는 동북아

중심도시"(「제주국제자유도시기본계획」, 2002)인 국제자유도시로 변모했다.

또한 제주는 1970년대부터 한국의 내부 관광지역으로서 지속적으로 변형을 겪었다. 오늘날에는 영리병원, 에너지, 모바일, 자율주행, 리모트워크, 디지털화폐 그리고 우주산업의 테스트베드로서 무분별하게 쓰이고 있다. 낙후된 제주를 혁신하고, 정체된 제주에 신산업을 개척한다는 명목으로 각종 실험들이 이어지고 또 이어지고 있다. 그때마다 제주는 제주다움을 잃어가고 있다.

기후평화행진의 행선지는 그러한 제주 안에서도 식민화되고 있는 현장이었다. 강정의 구럼비는 해군기지 아래 꼼짝없이 갇혀 있다. 새별오름은 축제의 환호 속에서 불살라졌다. 성산의 오름들은 미군의 활용 가능성이 높은 제2공항 건설을 위해 깎여나갈 운명이며, 비자림로 숲은 제2공항 연계도로를 넓히기 위해 파헤쳐지고 있다. 제주평화대공원마저 관광의 프레임에 포획되어 있다.

여기서 월정리 문제를 말하자. 월정리에 동부하수처리장을 건설하려는 계획은 1987년 전두환 시절로 거슬러 올라간다. 농어촌인 월정리가 입지로 선택된 까닭은 주민 수가 적고, 동굴이 많은 지대임에도 불구하고 군유지가 많아 사업부지확보가 용이했기 때문이다. 즉 '약하고 쉬운' 마을이었기 때문이다. 그 동부하수처리장을 다시 증설하는 것은 중심부에서 주변부로, 도시에서 농어촌으로, 도시민에서 해녀에게로 하수 오염을 더욱 전가하겠다는 것을 의미한다.

바다와 우주

전가의 회로는 여기서 그치지 않는다. 제주도 바다에 전가한다. 처리량을 초과해 정화하지 못한 하수를 바다로 흘려보내고 있다. 양어장을 조성해 갖가지 화학물질을 섞어 바다생물을 대량 사육함으로써 바다를 오염시키고 있다. 제주만이 아니다. 바다는 지구상에서 생명의 기원지이지만, 육지의 인간들이 내다버리는 폐기물들의 최종 종착지이기도 하다. 도시가 쏟아내는 오폐수, 농촌에서 뿌려지는 농약, 각종 쓰

레기, 미세 플라스틱 거기에 핵 오염수까지. 매해 반복되는 '기상관측사상 최대의 폭우'로 육지에서 쓸려 내려간 그 많은 것들도 바닷속에 쌓이고 있다.

월정리 비대위가 동부하수처리장 가동에 따른 피해를 자체 조사하려고 설문지를 만든 적이 있다. 월정리 해녀들은 이렇게 적었다. '옛날에는 문어도 가득 잡았는데 십여 년 전 일이다', '바다에 풀이 없다', '바당이 거먼 돌벌레였는데 퍼석퍼석해서 소라 같은 것들이 살지 못한다', '월정리가 폐허의 마을로 전락될 것이 두렵다', 그리고 '바당이 없어졌다'. 바당은 마을의 생계 터전으로 삼는 앞바다를 말한다.

해녀들은 육지의 인간들이 저지른 일들의 결과를 바다에서 민감하게 알아차리고 있다. 바다는 지금 가파르게 변하고 있다. 해녀들은 자신들의 오래된 바당에 들어가 황폐해진 바다밭과 떼죽음한 산호들과 부서지는 바위와 낯선 물고기를 만나고 있다. '바당이 없어졌다.' 이 문장은 이미 과거형이다. 이 신음은 땅 위만을 보고 지내는 우리에게 보내는 경고다. 육지에서 바다로 전가된 막대한 오염물은 이미 재앙으로 돌아오고 있다. 월정리 해녀들은 우리에게 경고하고 있다. 바다가 죽어가고 있으며, 재앙은 이미 찾아왔다고 말이다.

그리고 바야흐로 우주개척시대다. 이제 우주가 식민화되는 시대다. 제주는 한국 우주 식민화의 첨병이 되려 하고 있다. 신산업, 새로운 성장동력, 미래먹거리라는 명목으로 민간위성과 군사위성의 생산 및 발사를 위한 절차가 진행 중이다. 우주발사체와 ICBM(대륙 간 탄도미사일)은 기본 구조가 유사하다. 로켓은 다른 인위적 오염원과 달리 기체 및 고체 화학물질을 대기권 상층부로 직접 방출하며, 로켓에서 나오는 블랙 카본의 온난화 효율은 지표면 및 항공기에서 방출되었을 때보다 약 500배 높다. 특히 성층권 오존층을 심각하게 파괴한다.

우주에서 벌어지는 일은 바다에서 진행되는 사태보다 알기 어렵다. 다만 우주의 일이 임계선을 넘어서면 가파른 파국이 되어 지상으로 내리꽂히리라는 사실은 예상할 수 있다. 갖가지 통신장비에 의존하는 현대인들의 일상은 이미 우주를 깊이 매개하고 있기 때문이다.

보고회

이렇게 일 년간의 열 차례 여정이 모두 끝났다. 기후평화행진을 마무리할 때가 되었다. 우리는 어떻게 끝맺음해야 할지를 논의했다. 일 년간 지켜보고 생각했던 내용들을 제주의 시민들에게 보고하기로 했다.

2023년 11월 23일 '제주기후평화행진 보고회'를 열었다. 활동가 모두가 발언자로 나섰다. '기후재난의 최전선 제주에서 만나는 식민지'(엄문희), '삶의 군사화와 기후평화'(최성희), '지금 나는 무슨 일을 하는지 알지만, 어떤 일이 될지는 모른다'(황용운)가 발표되었다. 나는 진행을 맡았다. 이 글은 이날 이들의 발언을 바탕으로 한 것이다.

돌이켜보면 그간 나는 이들과의 회의에서 가장 많이 배웠다. 우리는 일 년의 프로그램을 미리 짜놓고 한 게 아니었다. 어느 곳을 궁리해서 다녀온 다음 평가를 하고 다음 장소를 고민하는 식이었다. 고민 중 하나는 기후위기를 대할 때 흔히 떠오르는 곳보다는 좀처럼 인식되지 않고 있는 현장, 되도록 다각도의 현장을 가보자는 것이었다. 이들의 문제의식에서 기후위기는 각론이 아니라 곳곳의 다양하고 구체적인 사안과 얽혀 있는 총론이었다.

우리의 자랑거리 하나는 일 년간 불과 8만 원을 쓰며 이 활동을 해냈다는 것이다. 10만 원을 후원받았는데 2만 원이 남아 아이스크림을 사 먹기로 했다. 이것은 제주한살림이 간식을 후원하고, 그때그때의 주제에 맞춰 모셨던 전문가, 활동가, 언론인들이 사례비 없이도 흔쾌히 마음과 시간을 내주셨기에 가능했다. 그들의 존재가, 그들이 제주에 있다는 사실이 우리의 자랑거리다.

보고회 끝자락에서 발표자들에게 마무리 발언을 부탁했다. 엄문희가 돌연 이렇게 말했다. 오늘은 연구자로서 우리와 오랫동안 함께해온 윤여일이 제주에서 이러한 진행을 맡는 마지막 자리라고. 나는 2016년 3월부터 제주에서 지냈으며, 2024년 1월 진주로 거처를 옮길 예정이었다. 마이크가 내게 돌아왔다. 울컥하지 말아야지 하며 횡설수설 발언했다.

"일 년간 친구따라 강남 다닌 느낌입니다. 이분들이 제게 너무나 매력적입니다. 매력이란 끄는 힘입니다. 저를 현장으로 끌어내고, 저에게서 힘을 끌어냅니다. 이분들은 무언가에 늘 동하고 있으며, 이분들이 동하면 저도 움직이고 싶어집니다. 이분들이 무슨 일을 하면 그 일이 잘되었으면 좋겠고, 그 일을 하는 이분들이 잘되었으면 좋겠다는 마음이 생깁니다. 운동하면 다칩니다. 운동은 세상이 뜻과 너무나 달라서 벌입니다. 그래서 운동은 뜻대로 되지 않습니다. 대체로 패배를 감수하는 활동입니다. 다만 그 가운데서도 유의미한 게 분명히 있다는 걸 이분들은 제게 알려주었습니다. 저는 이분들의 고민을 되도록 따라가고 싶었고, 저 나름으로 고민해 조금이라도 이분들에게 유의미해지고 싶었습니다. 이렇게 따라다니다 보니 지난 일 년, 그리고 돌이켜 보면 제주살이의 기록이 생긴 것 같습니다."

사람과 살이

이 글은 내게 제주시절의 마지막 글이다.

실로 내 제주살이는 그랬다. 사람에게서 문제의식을 받으며 살았다. 우주산업의 문제는 내게 최성희를 통해 인격화되었다. 최성희가 있기에 앞으로 계속 주시하고 사고할 수밖에 없다. 전에 도청 앞 천막촌에 있을 때 『광장이 되는 시간』이란 책을 썼다. 부제는 '천막촌의 목소리로 쓴 오십 편의 단장'이었다. 각 단장은 천막촌에서 접한 누군가의 목소리로 시작된다. 나는 오십 개의 목소리를 받아 오십 편의 단장으로 풀어냈다. 그 중 여러 목소리는 엄문희에게서 온 것이었다. 그리고 마지막 단장 '승리의 시간대'에 이렇게 적었다.

> 친구는 말한다. 볼 때마다 말한다.
> "이길 수 있지 않을까."
> 나는 그에게 말하고 싶다.
> 나는 당신 홀로 패배에 남겨두지 않을 것이다.
> 당신이 내게 그러할 것이듯.
> 그리고 우리는 패배를 패배로 남겨두지 않을 것이다.

여기서 친구는 황용운이었다. 그는 정말이지 다 걸고 억척스럽게 해내려 한다. 그와 함께 있으면 허투루 활동할 수 없다. 그럼에도 그와 함께 있으면 나는 현장에서 얼마간 떨어져 있는 사람임을 느끼게 된다. 어쩌면 나는 다치지 않는 곳에서 머물렀다. 그는 정말로 이기기 위해 많이 싸우고 자주 패배한다. 나는 그를 위해 승리와 패배의 관계에 대해 사고하고 싶었다.

최성희, 엄문희, 황용운. 이들만이 아니다. 기후평화행진에서 우리가 찾아갔던 현장들은 이미 여러 '사람들'이 운동을 하고 있었기에 찾아갈 수 있었다. '도청앞 천막촌 사람들', '비자림로를 지키기 위해 뭐라도 하려는 사람들', '비무장평화의 섬 제주를 만드는 사람들', '강정천을 지키는 사람들', '성산환경을 지키는 사람들', '용천동굴을 지키는 사람들', '송악산을 사랑하는 사람들', '서귀포시 도시우회도로 녹지공원화를 바라는 사람들'.

'사람들'이라는 활동명은 이 모임들이 자발적 시민활동임을 보여준다. 시민단체도 주민조직도 아닌 시민들의 모임이 제주 이곳저곳에서 독자적이고 창발적으로 활동을 전개하고 있다. 그런데 행정 권력이 입안한 사업을 시민들이 자발적 활동으로 저지하려 할 때는 여러 제약에 직면한다. 가령 환경 NGO와 견준다면 문제에 접근하기 위한 전문성, 문제를 알리기 위한 언론과의 소통채널, 문제를 해결하기 위한 행정권력과의 교섭창구, 교섭역량 측면에서 어려움이 따른다. 한편 주민대책위원회, 주민반대위원회 같은 주민조직은 문제 지역에서 생존권이나 이해관계가 직접 연관된 주민들이 규합해서 만들어진다. 문제 지역이 주민들의 생활과 노동의 터전이고 공동의 기억이 누적된 곳이기에 주민들이 맺고 있는 사회적 연결망이 동원의 강력한 자원이 된다. 자발적 시민모임은 그 힘을 스스로 만들어내야 한다. 그럼에도 해당 문제 지역의 주민이 아니라는 이유로 당사자성을 추궁받기도 한다. 그래서 더욱더 운동을 운동시켜야 한다. 제주에는 이러한 '사람들'이 많다. 이것은 제주의 불행에서 기인하는 제주의 행운이다.

이주를 앞둔 내게는 두려움이 있다. 8년의 제주살이에서 얻은 것은 이 사람들과의 관계 그리고 제주에 관한 지식이다. 삶의 장소를 옮기면 8년간 축적한 관계와 지식은 과연 무엇이 될까. 새로운 지역에서 앞으로 어떠한 살이를 하게 될까. 제주에서처럼 매력적인 사람들을 만날 수 있을까. 만난다고 하더라도 제주에서처럼 끌려갈 마음가짐이 내게 있을까. 아직은 알 수 없다.

다만 제주를 떠나서도 누군가가 제주에서 일어나는 일을 '제주 일'로 치부한다면, 나는 제주를 위해 그리고 그 사람을 위해 거부할 것이다. 제주는 내게 고유명만은 아니다. 제주는 사건이 먼저 찾아오는 곳이고, 사태가 노골화되는 곳이다. 제주의 일은 이곳에도 당신에게도 닥칠 수 있음을 말할 것이다.

윤여일
경상국립대학교 사회학과 교수. 제주기후평화행진을 함께했다.『광장이 되는 시간』,『물음을 위한 물음』,『모든 현재의 시작, 1990년대』 등을 썼다.

∞ 쟁점-서평

미등록이주노동자들의 음성으로부터 찾는 그림자

『그림자를 찾는 사람들』, 이영 지음, 틈새의 시간, 2023.

김서라

작년 3월, 광주전남건설노조가 건설현장의 외국인 불법고용을 근절하라며 단속을 촉구하는 시위를 벌인 적이 있었다. 이들은 주장의 근거로 2021년 광주 화정동에서의 아파트붕괴사고를 들었다. 이 주장과 근거라 하는 것들은 사실 언론에서부터 시작된 것이다. 불법하도급업체가 고용하는 외국인노동자들이 비숙련공이며, 이들 때문에 부실공사가 유발되며 국내 숙련공들의 자리가 위협당한다는 것이다.[1] 뉴스에서 나온 용역업체의 말은 또 달랐다. 업체는 건설노조에 소속된 노동자들보다 외국인을 쓰면 공사기간이 줄어

1 2022년 1월 11일에 화정 아이파크 붕괴사고가 일어났고 그로부터 약 일주일 후, '[단독] 미숙련 외국인들이 타설 속도전… 붕괴 직후 잠적', 국민일보, 2022.01.18., '검증 안 된 외국인 인부 8명이 묻지마 타설…. 사고 후 종적 감춰', 세계일보, 2022.01.19 등의 기사가 났다.

들고 건설사에서 요구하는 공사기간을 맞추려면 이들을 고용할 수밖에 없다고 말했다.[2] 사실 문제는 공사기간을 줄이고 최저입찰제를 시행하는 잘못된 구조적 관행에 있는 것이다. 그러나 언론의 기사나 건설노조의 주장은 이 관행이 아니라 이주노동자에게로 책임을 돌리고 있으며, 업체는 관행에 맞추기 위해 마치 적은 임금을 주는 것이 당연하다는 듯이 이주노동자를 착취하고 있다. 신자유주의의 경로를 타고 돈을 벌기 위해 온 이주노동자들은 차별에 시달리는 동시에 일터에서의 착취와 위험을 떠안는 이중의 문제에 처해 있었다. 전국외국인노동자지원센터가 문을 닫을 형편인 지금 이들은 더 큰 위기와 마주하고 있다.[3]

---

2 "건문건설업체 관계자: 저희가 가장 중요시하는 게 공사일정인데, 한 층을 외국인이 시공했을 때는 7일 정도에 끝나는데 노동조합 조합원을 쓰게 되면 10일 정도 걸립니다." '건설현장 불법 외국인 노동자 70% … 단속 강화 촉구', KBS뉴스, 2023.3.29.

3 전국 외국인노동자지원센터의 예산이 전액 삭감되어 문을 닫을 형편에 놓였다는 기사가 났다.('정부 예산 끊어…기댈 곳 사라진 외국인노동자', 광주일보, 2024.01.17) 산단과 건설현장 곳곳에서 이주노동자인력을 쓸 수밖에 없는 상황에서 이주노동자지원센터가 폐지됨에 따라서 이주노동자들은 더욱 사각지대에 놓일 수밖에 없게 되었다. 근래 들어 이번 정부가 '불법' 이주노동자의 단속을 강화하고 있다는 이야기를 익히 들었지만, 민간위탁계약기간이 2년이나 남았는데도 불구하고 올해 예산을 전액 삼각시켰다는 건 종사자들뿐 아니라 이주노동자들에게는 심각한 상황이 아닐 수 없다. 센터의 역할은 고용노동부와 한국산업인력공단이 대신 수행한다고는 하지만, 아무래도 직접적인 교류의 기회와 소통이 필요한 이주 노동자들에게는 턱없이 부족하다. 이러한 상황에서

그중에서도 미등록이주노동자는 더더욱 사각지대에 있을 수밖에 없다. 이 미등록이주노동자들은 자신이 입국할 때 빚으로 남긴 브로커 내지는 비행기값과 가족에게 생계비를 보내야 하고 국가의 단속을 피해, 때로는 사업주의 횡포를 피해서 일해야 하는 일상적 재난 속에 놓이게 된다. 이들은 미등록을 원해서 한 것이 아니다. 오히려 이주노동자 제도의 틈새와 불합리한 통제가 미등록이주노동자들을 생산하고 있다고 보아도 좋다. 마석가구공단의 이영 신부가 2023년 출간한 『그림자를 찾는 사람들』에서 들려주는 36명의 미등록 이주노동자들과의 인터뷰는 그 점을 잘 보여준다. 예를 들어 네팔에서 온 슈만 씨는 농업에 지망했지만 목장 같은 기숙사에서 묵어야 했고 아침 6시부터 저녁 6시까지 쉬는 날도 없이 일해야 했다. 직장을 옮기기도 쉽지 않은 게, 직장 선택의 자유 없이 한번 고용이 되면 직장 이동이 원천적으로 허용되지 않는 고용허가제 때문이다.[4] 작업장에서 폭행이 벌어지거나 사업주가 욕설을 하거나 월급을 주지 않아 나오면 그대로 미등록 이주노동자가 되는 것이다. 이주노동자는 온갖 불합리를 참아야 일할 수 있고 미등록 이주노동자는 참지 못해 나온 사람들이다. 미등록이주노동자들과의 신뢰가

샬롬의 집의 봉사자들과 이영 신부는 더할 나위없이 귀한 존재다.

4 이영, 『그림자를 찾는 사람들』, 틈새의 시간, 2023, 81쪽.

없었으면 인터뷰는 불가능했을 것이다. 미등록 이주노동자들을 규정하는 불법이라는 조건 때문이다.

이 책을 낸 이영 신부는 이주노동자들을 지원하는 '샬롬의 집'의 신부이자 활동가이다. 그와 이주 노동자들이 많이 살고 있는 마석가구공단은 성생공단으로도 불리는데, 가구공단 이전의 한센인들의 공동체였던 성생원에서 유래한 것이라 한다. 한센인들이 이곳의 축사에서 주로 일했지만 상수원을 보호하고자 시설이 규제된 이후, 가구공단이 만들어진 것이다. 한센인들과 가축들이 사라진 빈 축사나 건물들은 공장이나 이주노동자들의 기숙사로 개조되었다. 대체로 가건물로 지어지고 온수가 나오지 않는 열악한 조건이지만 월세는 20만 원 대로 저렴해서 이주노동자들이 선호한다고 한다. 이영 신부는 2013년에도 이미 마석에 관한 책 『우린 잘 있어요, 마석』(고영란, 이영 지음, 클, 2013.)을 냈고, 이 책에서도 그는 잘 보이지 않는 이주노동자들의 일상을 따스한 눈길로 바라보며 노동자들의 이야기를 실은 바 있다. 이처럼 그는 이주노동자와 함께하면서 노곤한 생존조건에서도 살아가는 이들의 이야기를 전하곤 했었다.

아마도 그는 이주노동자 문제가 우리에게 미디어로 전해져올 때 쉽게 개입되는 '혐오'나 '연민' 같은 감정의 경로를 의식했던 듯하다. 미등록이주노동자의 이야기를 언론이 재현할 때는 이들을 단속대상으로 규정해서 표현한다. 이주노동자일 경우에는 선주민 노동자보다 더 일 잘하는, 효율적 인력으로 소개되기도 한다. 〈인간극장〉과 같은 몇몇 휴먼 다큐멘터리에서 '정' 많고 모든 일에 성실하며 말은 어눌해도 '아이고 사장님', '왜 이렇게 많이 주셨어요'처럼 특징적인 화법을 잘 사용하는 모습으로 그려진 바 있다.[5] 방글라데시, 스리랑카, 인도에서 한국에 와서 열심히 돈을 벌어 가족에게 송금하며 열심히 한국 사회에 적응해나가는 감동적인 모습들이다. 그러나 이런 휴먼 다큐에서 이주노동자 제도의 문제나 현장에서 이들에게 가해지는 폭력은 감춰지기 일쑤다. 이주노동자는 한국 사회에 언제까지나 적응해야 하는, 그리고 때로는 한국 사람보다 더 공손하게 말하고 행동해야 환영받는 존재라는 걸 외려 방증하고 있는 것이다. 이영 신부는 언론이 비추는 이주노동자의 재현이 아니라 이들이 살아가는

---

5 TV 프로그램 〈인간극장〉에서 이주노동자 '오스틴과 옥분' 편은 많은 인기를 얻었고 사람들에게 이주노동자에 대한 친근감을 불러일으켰다는 데에 분명 긍정적 효과가 있다. 그러나 오스틴에 대한 친근감은 이른바 'K-패치'라고 불리는 신조어가 쓰이는 장면이 됐다. 인터넷에서 K-패치의 사례들이 인기를 끄는 것은 한국에 완벽히 적응했다는 걸 보여주는 태도에서 느껴지는 문화적 친근감 때문일 것이다. 방송은 유독 이런 모습을 강조해서 보여준다. 그러나 정작 이주노동자, 특히 미등록이주노동자가 일상적으로 부딪히는 산업현장과 제도적 결함을 보면 크게 우호적으로 변화하지는 않았다. 여전히 이주노동자에 대한 혐오를 확장시키는 조건이 건재한 가운데, 오스틴은 이주노동자 중 '인품이 훌륭하고 성실한 사람들' 정도의 사례로 간주된다.

현실을 주의 깊고 따뜻하게 지켜보면서 이주노동자들이 곁에 있는 사람들이라는 걸 몸소 감각하도록 하고 싶었던 것 같다.

독자들이 '몸소' 감각하도록 하고 싶었던 것이 미등록이주노동자들의 구술들이 그저 '글'로만 표현되지 않은 이유일 수 있겠다. 이 책은 36명의 미등록 이주노동자들의 말을 할 수 있는 한 '직접', 음성의 형태로 전달한다. 미등록이주노동자들의 인터뷰 말미에 찍힌 QR코드는 이주노동자의 음성파일과 연결되어 있어서 핸드폰으로 QR코드를 찍고 목소리를 듣다 보면 마치 이들과 통화를 하는 것처럼 느껴졌다. 이주노동자의 음성파일은 완결된 문장을 넘어서는 감각을 전달한다. 어눌한 한국어 발음에 섞인 이주노동자들의 모국어 뉘앙스나 목소리에 배인 흐느낌에서 전해져 오는 고향에 대한 그리움은 글보다 훨씬 직접적이다. 간혹 인터뷰 속에 있는 "여자 친구를 소개해달라고 농담함. 함께 웃음!"[6]은 음성으로만 감각할 수 있을 뿐이다. 이영 신부는 미등록이주노동자들을 독자가 이웃으로 여기기를 바라고, 그들의 목소리를 실제로 들어보기를 원했던 것이다. 그저 어디엔가 있는 사람이 아니라 실제로 살고 있고, 쉽사리 연민의 대상으로 여길 수는 없다는 것이다. 이영 신부와 대화하는 이주노동자

---

6 『그림자를 찾는 사람들』, 87쪽.

의 음성은 한국식의 화법이 두드러지기보다는 어눌하고 문법적 실수나, 외국 억양이 더 잘 들린다. 노동자 곁에는 그의 말을 다시 해석해주는 사람(한국어를 더 잘하는 동료인 듯하다)이 있기도 하다.

음성으로 전달받는 이들의 목소리가 이주노동자들의 타자로서의 정체성을 감각하게끔 한다면, 글은 미등록이주노동자들이 한국에서 노동하면서 겪은 아픔과 불합리를 매끄럽게 정돈해놓았다. 미등록이주노동자들은 단속에 대한 불안감에 시달린다. 출입국에 의해 단속이 되면 고국으로 강제추방된다. 출입국은 물리적으로 노동자들을 구속하고 구금하여 가혹행위까지 한 사례도 있다고 한다.[7] 열악한 노동환경도 문제다. 필리핀에서 온 리나는 가구공단에서 일하면서 천식과 당뇨에 걸려 매월 20~25만 원 정도 약 처방 병원비를 지출해야 한다고 했다.[8] 공장의 미세먼지는 노동자들의 천식의 주된 발병원인이다. 가구공장에서 일하는 미등록이주노동자들은 이처럼 질병의 위험뿐 아니라 산업재해의 위험에도 처해 있다. 이주노동자들이 일하는 사업장의 조건은 좋지 않고, 3D 업종인 경우가 대부분이다. 특히 농축산업에 종사하는 이주노동자는 대부분 5인 미만 사업장에서 일

---

7 『그림자를 찾는 사람들』, 140쪽.

8 『그림자를 찾는 사람들』, 97쪽.

하지만 산업안전재해보험법을 적용받지 못한다.[9] 또 다른 일례로 방글라데시에서 온 알롬은 가구가 발 위로 떨어지면서 부상을 입었다.[10] 미등록이주노동자는 의료보험이 없어서 병원비로 큰돈을 내야 했고 주변으로부터 병원비를 빌릴 수밖에 없다. 불안감 속에서도 이들이 한국에서 계속 일하고 있는 것은 생계나 자녀들 교육비, 가족의 병원비를 보태기 위함이다. 돈을 보내다 보면 10년은 우습다. 일하다 한번 사고가 나기라도 하면 가족들에게 보낼 돈을 메꾸기 위해 시간은 더 소요되고 만다. 단속되어서 강제추방 당하느냐, 아니면 열악한 환경에서 몸을 해쳐가며 일해야 하는가, 이 미등록이주노동자들은 안타까운 딜레마 속에 놓여 있다.

그럼에도 불구하고 마석가구공단은 이들에게 또 하나의 고향과도 같다.[11] 이주노동자들이 많은 마석에서 이주노동자들은 서로 도우며 살고 있다. 그런데 현재 마석가구공단은 주거단지로 개발되고 있다고 한다.[12] 토지 소유주가 가구사업주들에게 퇴거를 요구하고 공단부지의 기숙사도 더 이상의 입주를 거부하고 있는 상황이다. 이주노동자들은 살

---

9 『그림자를 찾는 사람들』, 83쪽.

10 『그림자를 찾는 사람들』, 152쪽.

11 『그림자를 찾는 사람들』, '마석은 제2의 고향입니다', 144쪽

12 '국내최대' 마석가구공단 입주자들, 개발사업에 "갈 곳 없다" 퇴거 반발, 경인일보, 2023. 4. 24.

곳을 잃어가는 것이다. 공단 밖의 방은 월세가 50만원 정도 되어 감당하기 어렵다.[13] 그리고 광명과 고양에 들어온 글로벌가구기업 '이케아'로 인해 마석가구공단의 중소업체들은 점점 더 쇠락해가고 있는 형편이다. 마석가구공단은 노동자들에게 신체적으로도 좋지 못한 환경이고 여러 가지 상처를 입은 곳이지만, 이주노동자들은 서로 공동체나 다름없는 관계를 만들어 살고 있었다. 이 관계는 쉽게 끊어지지 않을 것이다. 불안정한 지반을 연속해서 통과하고 이동하는 사람들에겐 나름의 방안이 있기 마련이므로. 관계가 구축된 데에는 이영 신부의 오랜 돌봄이 튼튼한 지반이 되었을 터다. 이 어려운 시기에 '샬롬의 집'과 미등록이주노동자들이 부디 건강하게 잘 버텨주기를 바란다.

---

13 『그림자를 찾는 사람들』, 130쪽.

김서라
전남대학교 대학원 박사과정(철학)을 수료했다. 『광남일보』 2021년 미술평론 당선. 광주의 예술가, 연구자들이 모인 '광주 모더니즘' 연구공동체 일원이다.
eseora@naver.com

역사라는 무기고

『**부산노동운동사**』, 현정길, 윤영삼 지음, 산지니, 2023

김만석

오히려 안심이 된다. 싸움의 궤적이 이렇게 두텁게 쌓여 있다는 것이 말이다. 역사의 매 시기마다 노동자들이 결코 패배한 것이 아니라는 것을, 하나의 싸움이 그것으로 종결되지 않고 다음 싸움으로 이어져왔다는 것을 이 책이 기록해 놓은 것만으로도 충분히 짐작할 수 있기 때문이다. 그러니까, 자본주의 체제가 지속되는 한 노동자들은 자신의 '전선'을 발명하고 또 그것을 넘어서기 위해 분투할 것이라고 주저없이 예감하게 만든다. 이뿐만 아니라, 이 안심은 추상적이고 개념적인 것이 아니라, 개항과 일제 강점기에서부터 문재인 정부에 이르기까지의 '기록'을 사실의 '적시'가 아니라 개별적 노동자들의 낱낱의 호흡을 행간에서 대면하게 만든다. 이는 이 책이 단순히 기록으로만 한정되지 않으며 오히려 구체적인 역사적 싸움의 현장을 통해 노동자들이 독자의

'이웃'으로 감각되도록 만든다는 것을 지시한다. 달리 말해, 이 '운동사'는 고정되고 정박된 사실들의 누적으로써가 아니라 '함께' 있음을, 싸움의 과정에서 비롯되는 외로움을 역사적으로 극복하도록 만든다는 사실을 의미한다.

그러므로 안심은 평온한 마음의 상태가 아니다. '안심'이라는 감각은 어떤 사실이나 사건의 해결이 아니라, 언제든 그 사실이나 사건이 반복 가능하다는 것을 동시에 지시한다는 것을 주지해야 한다. 한숨을 내쉬며 읊조리는 '다행'의 말들은 자기위로보다는 '비명'에 가깝다고 해도 과언이 아니다. 그래서 '안심'의 더 깊은 지층에는 '불안'이 동시에 자리잡고 있다. 일테면 노동자의 싸움이 일시적인 승리로 귀착되었다고 해도, '안심'하고 끝나는 것이 아니라 새로운 자본주의적 형식에 따라 '싸움'의 전선이 구축될 것임은 두말할 필요가 없다. 따라서 안심은 다음 싸움을 위한 알람이다. 노동자들의 싸움이 시작될 때, '안심'은 삽시간에 '외로움'과 '무기력'을 동반하고, 그러므로 노동자들의 싸움은 내외부의 '각축'을 돌파하는 이중적 싸움이 개시된다는 것을 의미한다. 노동자의 싸움에 대한 사회적 혐오도 한국사회에서 꽤 오래된 정동을 구축하고 있는 실정이라는 것을 기억해 보는 것으로 충분하다. 그럼에도 불구하고 이를 넘어서 싸움의 현장을 조직해온 것이다.

따라서 『부산노동운동사』는 노동자들의 안심/불안정성

을 돌파하는 '무기고'로 간주할 법하다. 개항과 일제 강점기에서부터 문재인 정부에 이르기까지 당대의 조건과 맥락 아래에서 다양한 전략과 전술을 활용해 '전선'을 구축하고 돌파하고자 했던 실천들은 노동자들의 '전략과 전술'을 구상하는 데 더할 나위 없는 지침을 얻을 수 있는 재료다. 가령, 1921년 "부산 부두노동자 총파업"에서 열악한 노동조건을 해결하기 위해 5,000여 명이 총파업을 단행했을 때, 이를 무마하기 위해 농촌지역에서 부두노동자를 대체하기 위해 농민을 고용하려 했으나 "농민들은 파업파괴를 위한 노동이 수치스럽다며 거부하여" 파업저지를 위한 당국의 노력이 실패로 돌아갔음을 지적하고 있다.(21쪽) 식민지 자본주의 체제 아래에서 이미 노동자들의 싸움은 고립된 채 이루어진 것이 아님을 이만큼 적실하게 보여주는 것도 없다. 노동자의 싸움이 성공하지 못하더라도 이들을 외롭게 만드는 것이 가장 위험한 요소라는 것을 잘 보여주는 셈이다. 노동자들의 싸움의 중핵에는 고립으로부터 벗어나는 것이 첫 번째 과제인 것이다.

외로움을 해결하기 위해선 당면한 전선에서만 싸움을 할 수는 없다. 이웃과 동료는 예상하지 못한 곳에서 도착하는 법이다. 그래서 전선은 확대재생산하는 것이 매우 중요하다. 그렇다고 무작정 '외부'에만 손을 내밀어서는 안 된다. 오히려 싸움의 과정에서 오는 피로도를 높이지 않으려면 내부에서 싸움의 동력을 잘 유지하는 것을 놓쳐서는 안 된다. 전선은 적대에만 있지 않다. 내외부에 '전선'의 상태와 조건을 '호소'하고 이를 견인해나가는 방식을 마련하는 것은 당연하다. 안팎의 전선에서 위축되고 좌절하지 않기 위해선, 노동자들의 싸움이 단지 '당사자'에 한정된 것일 수 없다는 것을 '감각'하도록 조성해야 하는 것이다. 노동자의 '전선'에서 문화예술적 투쟁이 전개되었던 1980년대의 경험은 그래서 값진 역사적 성취이다. 일반적인 의미에서의 개별분과적 예술사나 문화사에서 1980년대의 노동자들의 문화투쟁을 뺄 때 공허해진다는 것은 주지의 사실이다.

헤아릴 수 없을 만큼의 신문, 잡지, 소식지, 플래카드, 노래, 미술, 연희는 물론이거니와 다종다양한 '동아리' 활동과 연대활동은 1980년대가 노동자들의 문화예술 시대였다는 것을 가시화한다. 더군다나 이런 흐름들은 각 지역의 산업적 조건에 따라 독특한 조직을 구성했다. 일테면 "부산노동도서원"이 그러하다. 이 저작에서는 부마항쟁의 배후로 지목되었던 부산양서협동조합의 경험을 가진 활동가들이 1987년에 만들어진 '아롬도서원'을 시작으로 부산의 주요 산업지구 인근에서 지식의 생산과 유통, 노동자 네트워크를 조직하는 데 노력했음을 지적한다. 노동도서원은 사실상 부산지역에서만 활성화된 문화운동의 형태(서울 1곳, 거제도 1곳)였다. 거의 막바지에 생겨 여전히 남아 있는 '연제가족도서원'

의 경우에 '마을운동'으로 전환해 활동하고 있는 것을 볼 때, 노동도서원은 노동자들을 '지식'과 '지역'과 연결시킨 부산 노동운동사에서 중요한 위치를 제시한다. 노동자문화운동이 싸움의 현장을 넘어 지역과 생활현장으로까지 광범위하게 이루어진 중요한 사례가 아닐 수 없다.

한편, 노동자의 문화적 투쟁은 '노동자'에 대한 통상적인 시각을 전환한 것이기도 했다. '노동자'를 의식없는 신체나 기계 혹은 전사로 규정하고자 했던 당대의 지배적 이미지를 파열한 것이었다. 글쓰기, 책읽기, 그리기, 노래하기, 연기하기와 같은 신체에 근거한 '기예'를 집합적으로 시도했으며 '공적인 것'으로 전환하는 데 많은 노력을 기울였다. 오히려 노동자들이 이룬 문화적 성취는 기존의 문화적 장으로 하여금 이들의 활동을 배타적으로 구성하려는 경향들까지 낳기도 했다. 노동자들의 문화적 투쟁은 자신들이 '의식화'의 대상이기보다 노동자들의 의식을 배우고 익혀야 하는 것으로 당대의 운동세력들의 편견을 전환하도록 만든 것이었다. 예컨대, 당대의 노동자 당사자성에 대한 담론들은 지식의 순환과정을 '혁명적'으로 갱신시켰다. 야학의 '강학'은 일방적으로 지식을 가르치는 초월적 위치가 아니라 노동자들을 먼저 '배움'으로써만 기성의 지식을 가르칠 수 있는 '자격'의 용법이었다.

요컨대, 노동자 문화투쟁은 노동자 자신들의 삶을 배우

도록 함으로써 1980년대와 신군부의 지배적 커뮤니케이션이 폭력적이었음을 폭로하는 원리였다. 기존의 지배질서가 갖는 폭압적인 형태를 노동자와 맺는 관계 자체로 변형하여, 지배적 이데올로기가 유통되고 관철되고 전파될 수 없는 것임을, 그리하여 '언어'(이미지, 사운드, 동작)와 '표현'을 달리 조직하도록 촉구한 것이었다. 이는 노동자들을 순한 양으로 길들이려는 폭력적인 시도를 노동자들의 위치에서 극복한 것이었다. (대)학생부터 기독교, 천주교 등의 종교계에 이르기까지 노동자들의 이웃이 자기 자신을 서열화의 원리로부터 벗어나게 함으로써 노동자들과 연결될 수 있었음은 우연이 아니다. 아니, 자신들을 낮춘 것이 아니라 노동자들에 의해 자신들의 위치가 탈구되었다는 것이 더 적절하다. 노동자들과의 접촉에서 위상적인, 낮은 곳으로 '임'했다는 표현은 초월적인 시선을 여전히 버리지 못한 것이기도 하다.

신자유주의 체제에서 훨씬 가혹한 방식으로 이루어지는 노동에 대한 탄압과 미디어에서의 확대 재생산되는 운동에 대한 혐오는 1980년대를 통해 이룬 성취를 금세 상실하도록 만드는 경향으로 이끌렸다. 신자유주의적 자본주의가 강제하는 '민영화'와 '아웃소싱'은 노동조건을 이전보다 더욱 불안정하게 만들었으며 테크놀로지의 진전에 따라 필요해지는 '노동'을 비정규화하고 플랫폼화해 착취와 수탈을 더욱 비가시화하는 방식으로 구조화했다. 이뿐만 아니라 부산에서 엄청난 혜택을 받고도 글로벌 투기자본이 활개를 치도록 지방정부와 사실상 공모해 부산 내 지역 간 격차를 심화시키는 결과를 초래하기도 했다. 아웃소싱 노동자나 플랫폼 노동자의 고용 안정성은 물론이고 부당한 처우 개선을 위한 연대가 결코 쉽지 않은 환경과 상황을 전략적으로 마련해왔던 것이다. 이는 2000년대 이후 노동자들이 노동현장에서 점진적으로 '고립'되어왔다는 것을 의미한다. 노동과 생존으로부터 박탈에 맞서는 것이 더욱 어려워졌다는 것이다.

심지어 능력주의로 무장한 신자유주의에서의 '팩트 문화론'은 삶의 모든 국면을 '정량화'해 측정 가능한 것으로 만든다. 생명 자체가 자본이 되는 사회로 진입해버린 것이다. 이러한 자본주의적 조건에서는 사회적 기회가 더욱 불평등하게 조직될 수밖에 없다. '태어나니 무엇이다'라는 미디어의 '밈'이야말로 이를 가장 잘 보여주는 사례에 해당한다. 물론 '부산'에서 '태어나고 사는 것'이 사회적 기회를 덜 갖게 되는 불평등한 상황이 무조건 절망적인 것만은 아니다. 생래적인 것처럼 보이는 '지역'에서의 삶이 근원적인 불평등을 형성할 뿐만 아니라 기회가 박탈되는 과정일 수밖에 없다면, 이 취약한 위치들의 상호적인 연대는 지속가능한 삶의 필수적인 근거를 이루기 마련이다. 노동과 지역, 젠더, 장애, 섹슈얼리티처럼, 생래적인 것처럼 오인하는 다양한 주체들의 위치가 배타적일 것이 아니라 매듭을 창안하는 일이 고안

되어야 한다. 일테면 센텀2지구 개발이 풍산마이크로텍 노동자들의 투쟁과 무관한 '결과'가 아니라는 것을 감각하는 것으로도 충분할 것이다.

그럼에도 노동자들의 싸움은 쉽사리 성공과 실패를 예측하기 어렵다. 개별 노동자들이 법적 기반을 통해서 자신들의 권리를 찾는 일과 달리 노동권과 생존권 자체를 위협받는 일은 좀처럼 줄어들지 않고 있고 이 과정에서 노동자들의 투쟁은 고립에 처하게 된다. 투쟁의 '외로움'에 노동자들을 내팽개치지 않는 것은 역설적으로 이웃인 우리의 삶을 지속하는 일이기도 하다. 왜냐하면, 노동자들의 항의나 투쟁이 살리는 것은 궁극적으로 '나만 아니면 된다'는 '생존 버라이어티'에 다를 바 없는 신자유주의적 기획을 끊어내는 과정이기 때문이다. 생존에 지불되는 노동을 '부불노동'으로 처리해왔던 오랜 자본의 착취에서부터 헤아리기 어려울 정도로 노동에 대한 여전한 '의존'은 노동자의 투쟁이 여전히 중요하다는 것을 시사한다. 노동자 투쟁이 여전히 미래인 것이다. 이 책이 다루는 두터운 노동자 투쟁의 역사가 아직 '무기고'인 셈이다.

김만석
편집위원, 문학평론가
geosubject@gmail.com

아베담화를 다시 읽어야 하는 이유

『**전후일본의 역사인식**』, 이오키베 가오루 외 지음, 엄태봉, 석주희, 윤석정, 권연이 옮김, 산지니, 2023

길윤형

벌써 3년 전이다. 한-일 관계가 싸늘하게 얼어붙어 있던 2021년 9월27일, 한국의 세종연구소와 일본의 토다기념국제평화연구소가 '미래지향적 한일관계를 위한 라운드테이블'이란 이름의 토론회를 열었다. 코로나19 대유행 등 여러 어려운 상황 속에서도 양국의 전문가와 언론인들이 온라인으로라도 모여 역대 최악의 상황에 내몰린 한-일 관계를 개선할 수 있는 실마리를 찾아보자는 취지였던 것으로 기억한다.

이날 발제에서 2015년 8월 아베 신조 전 총리가 내놓은 아베 담화의 핵심 구절인 "그 전쟁(1930년대 이후 일본의 침략전쟁)과 아무런 상관없는 우리 아이들과 손자, 그리고 그다음 세대의 아이들에게 계속 사죄의 숙명을 짊어지게 해선 안

됩니다"라는 부분을 인용하며, 이 담화는 한-일 간에 있었던 비극적 역사를 이제는 그만 잊자는 '망각의 담화'라고 지적했다. 그러자 당시 토론회 참가했던 외무성 구아국장(유럽국장) 출신의 도고 가즈히코東郷和彦 선생이 "길상의 발표는 매우 흥미 있게 잘 들었지만, 아베 담화를 그렇게 간단히 재단하지 말았으면 한다. 담화를 다시 한 번 잘 읽어보기 바란다"는 취지의 코멘트를 남겼다. 태평양전쟁 개전과 항복 때 각각 일본 외무상을 지낸 도고 시게노리東郷茂徳(1882~1950)의 손자이자 한-일 역사 문제 등에서도 비교적 균형 있는 발언을 해온 도고 선생의 느닷없는 아베 담화 옹호(?)에 일순 당황했던 기억이 새롭다. 한국인과 일본인의 생각이 첨예하게 엇갈리는 문제를 몇 가지 꼽아보라면, '아베 담화를 어떻게 볼 것인가'라는 문제가 반드시 포함될 거라 본다.

도쿄재단 정치외교검증위원회가 펴내고 동서대학교 일본연구센터가 번역해 2023년 9월 발간한 『전후일본의 역사인식』(산지니, 2023)(원서는 『戦後日本の歴史認識』(東京大学出版会, 2017)은 이 말도 많고 탈도 많은 '아베 담화'(아베 신조安倍晋三(1954~2022) 전 일본 총리가 전후 70년인 2015년 8월14일에 맞춰 발표한 '내각총리대신 담화')에 대한 일본 주류 학계의 인식을 담은 책이다. 책은 크게 세 부분으로 나뉘어 있다. 1부인 '전후 역사인식의 변천'에선 요시다 시게루吉

田茂, 사토 에이사쿠佐藤栄作, 나카소네 야스히로中曽根康隆로 이어지는 일본의 전후를 대표하는 각 총리 시절의 역사인식의 특징을 개괄하고, 마지막 3부인 '역사인식을 생각하기 위해'에선 이 문제에 대해 더 공부하기 원하는 이들이 참고할 수 있는 주요 연구 성과들을 소개하고 있다.

하지만, 누가 뭐래도 책의 핵심은 아베 담화가 나오기 직전인 2015년 7월6일과 담화가 나온 지 6개월이 지난 2016년 2월에 일본을 대표하는 네 명의 주류 정치학자인 호소다 유이치細谷雄一 게이오대 교수(유럽), 가와시마 신川島真 도쿄대 교수(중국), 니시노 준야西野純也 게이오대 교수(한반도), 와타베 쓰네오渡部恒雄 사사카와평화재단 상석연구원(미국 · 당시는 도쿄재단 상석연구원)이 나눈 두 차례 대담을 각각 정리한 2장 '역사인식과 화해를 향해'라 할 수 있다. 대담 참석자 가운데 가와시마 교수는 아베 전 총리가 담화를 작성하기 위해 설치한 전문가 모임인 '20세기 구상 간담회'의 일원이었고, 호소다 교수는 이 간담회의 좌장 대리이자 아베 전 총리의 역사 인식과 외교 정책에 깊은 영향을 끼친 기타오카 신이치北岡伸一 도쿄대학 명예교수(간담회 당시 직함은 국제대학 학장)의 수제자로 평가되는 인물이다. 대담의 나머지 두 멤버인 니시노 교수와 와타베 상석연구원 역시 일본의 학계 분야에서 명확한 지위를 확보하고 있는 핵심 연구자들이

라 할 수 있다. 그런 의미에서 이 책은 아베 담화의 작성 과정에 참여하거나 간접적으로 영향을 끼친 당사자들이 직접 내놓은 '해설서'라 평가할 수도 있다.(이와 정반대 입장에서 아베 담화에 대한 일본 리버럴들의 비판을 집대성한 책으로는 무라야마 담화를 검증하고 발전시키는 모임村山首相談話を継承し発展させる会이 2015년 펴낸 『검증 아베 담화-전후 70년 무라야마 담화의 역사적 의의検証 安倍談話—戦後七〇年 村山談話の歴史的意義』(아카시서점明石書店)가 있다.)

이 책의 핵심 주장은 "역사인식 문제는 그 자체로 완결된 게 아니라 (당시 한 나라가 놓여 있는) 국제질서, 나아가 대외관계 문제와 불가분하게 연결돼 있다는 점을 깊이 이해해야 한다"(호소야, 271쪽)는 것이다. 이런 관점에 따르면, 역사 문제를 바라볼 때 가장 중요한 것은 그 나라의 '국익'이 되며, 불행했던 과거를 인식할 때 반드시 그렇게 생각해야 하는 '도덕적인 당위'(가령, '일본은 전시하 여성에 대한 씻을 수 없는 국가 범죄인 일본군 '위안부' 문제에 대해 늘 겸허한 마음을 갖고 사죄해야 한다'는 생각)는 불분명해진다. 논의의 편의를 위해 거칠게 정리하자면, 한 나라가 놓여 있는 국제정세에 비춰 도움이 되거나 그렇지 않은 역사인식이 있을 뿐이다.

실제, 한-일 관계의 지난 시기를 돌아보면 이 말의 취지를 이해할 순 있다. 냉전이라는 안보 현실 속에서 한국이 일본의 경제지원을 절실히 필요로 했던 1960~1970년대엔 한-일 간 역사인식 문제가 심각한 외교 갈등으로 발전하지 않았다. 박정희 군사정권이 국익 추구에 방해가 되는 한국인의 역사감정을 억눌렀기 때문이다. 역사문제가 한-일 관계를 뒤흔드는 주요 현안이 된 것은 냉전이 마무리되고, 한국이 경제 발전에 어느 정도 성공했으며, '6월 혁명'으로 이후 민주화가 이뤄지며 시민사회가 마침내 제 목소리를 낼 수 있게 되는 1990년대 들어서면서부터다. 책의 지적대로 "현실의 이해관계가 화해를 뒷받침한다"는 것은 어느 정도는 엄연한 현실이다.

그렇다 해도 일본의 이런 '상대주의'적 태도가 꼬일 대로 꼬인 한-일 간 역사문제를 풀 수 있는 실마리를 제공하는 것은 아니다. 한국인들은 역사를 가급적 '정의의 관점'에서 바라보려 하고, 그 연장선에서 가해국인 일본이 한국 등에게 끼친 피해에 대해 "통절한 반성의 뜻을 표하며 진심으로 사죄하는 마음"(1995년 무라야마 담화)을 가져주기 원한다. 결국, 역사인식 문제를 국익이라는 잣대에 비춰 상대화하려는 일본 주류의 태도는 평범한 한국인들의 역사인식과 충돌한다는 결론을 내릴 수밖에 없다. 아마도 이 점이 양국 간 화해를 가로막는 가장 큰 장애물일지 모른다.

그렇다면 아베 담화에 대한 일본 주류 학자들의 평가는 어떨까. 전후 70년을 맞는 2015년 시점에서 일본이 세계에 내놓을 수 있는 세 개의 메시지인 ①지난 전쟁에 대한 반성(과거) ②전후 평화국가로서 살아온 성과에 대한 자긍심(현재) ③앞으로 일본이 아시아 · 태평양 지역과 세계를 위해 해 나아갈 공헌(미래) 등을 고루 잘 담아낸 훌륭한 담화였다는 게 일치된 견해다. 담화는 과거에 대해선 1931년 만주사변 이후 일본이 새로운 국제 질서의 도전자가 됐다는 사실을 인정하고 이에 대해 "애 끓는 심정을 금할 수 없다"는 반성의 뜻을 밝히고 있다. 이어 일본이 현재 "자유롭고 민주적인 나라를 만들고, 법의 지배를 존중하며, 오로지 부전의 맹세를 견지"해 왔다고 밝히며 "70년간에 이르는 평화국가로서의 행보에 조용한 자부심"을 드러내고 있다. 하지만, 결국 핵심은 미래에 대한 다짐이다. 담화는 "어떠한 분쟁도 법의 지배를 존중하며 힘의 행사가 아니라 평화적 · 외교적으로 해결해야 한다"는 점을 강조하면서 "일본은 어떤 나라의 자의에도 좌우되지 않는 자유롭고 공정한 열린 국제경제 시스템을 발전"시킬 것이고, "가치를 공유하는 나라들과 '적극적 평화주의'의 기치를 높이 내걸고 세계 평화와 번영에 지금 이상으로 공헌해 가겠다"는 각오를 밝히고 있다. 담화가 언급한 "어떤 나라"는 그 무렵 동중국해와 남중국해에서 일방주의적인 태도를 보이며 전후 미국이 쌓아 올린 국제질서와 충돌하기 시작한 중국이란 점은 두 번 설명할 필요도 없다.

담화의 다짐대로 일본은 '적극적 평화주의'를 내세워 2015년 4월 미-일 방위협력지침을 개정해 미-일 동맹을 그 동안의 '지역 동맹'에서 전 세계의 평화와 안정을 지키는 '글로벌 동맹'으로 강화했다. 이어, 아베 전 총리와 버락 오바마 전 미국 대통령은 2016년 히로시마(5월)와 진주만(12월)을 교차 방문해 서로에게 찜찜하게 남아 있던 마지막 역사적 앙금을 털어 버렸다. 이후 등장한 도널드 트럼프 전 대통령 역시 일본을 핵심 파트너로 삼아 2017년 11월 아베 전 총리가 처음 내세운 '자유롭고 열린 인도 · 태평양'을 양국의 공동 전략으로 채택하고, 그 협력 범위를 '쿼드'(미국 · 일본 · 오스트레일리아 · 인도)로 넓혔다.

물론 이 과정이 무난하게 이뤄진 것은 아니었다. 2017년 5월 등장한 한국의 문재인 정부는 한-일 간의 역사 갈등을 정의롭게 해결하고, '한반도 평화 프로세스'를 본격 가동해 북핵 문제를 해결하고 평화로운 한반도를 향해 가는 역사적 물길을 열려 했다. 문 정부의 이 노선은 한 · 미 · 일 3각 협력을 강화해 중국 · 북한에 대응하려던 아베의 노선과 격렬한 파열음을 내기 시작한다. 안타깝게도 이 처절한 외교 전쟁에서 승리한 것은 일본이었다.[1] 1차적으로 2019년 2월28일 하노이에서 열린 2차 북-미 정상회담이 실패하며, 한반도 평화 프로세스는 좌초했다. 일본이 이 과정에서 얼마나 큰 역할을 했는지 존 볼턴 당시 미 백악관 국가안보보좌관이 회고록 『그 일이 일어난 방』(시사저널, 2020)(한국어 번역본)에 자세히 서술해 놓았다.

이후 역사 문제를 둘러싸고 일본과 갈등하던 문 정부가 퇴진하고, 2022년 5월 윤석열 정부가 들어섰다. 윤 정부는 1년 정도 검토를 거쳐 2023년 3월 한-일 갈등의 핵심이었던 일제강점기 강제동원 피해자 배상 판결과 관련해 한국의 일제강제동원피해자지원재단이 제3자 변제를 한다는 '일방적 양보안'을 내놓게 된다. 윤 대통령의 이 조처에 힘 입어 조 바이든 대통령은 2023년 8월 캠프 데이비드 정상회담을 통해 한·미·일 세 나라의 협력을 3각 동맹으로 업그레이드하는 결정적인 '첫걸음'을 내디딜 수 있게 된다.

그런 의미에서 아베 담화는 1989년 냉전 해체 이후 30년 가까이 유지돼 온 탈냉전 질서가 '중국의 부상'이란 새로

1 길윤형, 『신냉전 한일전』(생각의 힘, 2021)이 이 과정을 자세히 설명하고 있다.

운 현상으로 금이 가는 매우 중요한 시기에 일본이 나아가야 할 침로를 선언한 공세적인 담화라 평가할 수 있다. 결국, 미-중의 전략 경쟁이 심화되며 아베 담화가 내놓은 일본의 노선이 한국과 미국까지를 포괄하는 한 · 미 · 일의 노선으로 확대되고 말았다. 역사인식에서 중요한 것은 국익일 뿐 도덕적인 당위가 아니기 때문에 전후 70년을 맞아 일본의 역사인식과 나아갈 길을 집대성한 아베 담화는 놀라운 '성공작'이었다는 게 대담을 통해 자연스럽게 도출되는 책의 숨겨진 결론이다. 같은 맥락에서 일본의 주류는 '신냉전'으로 나아가는 시대의 흐름을 명확히 읽어내 맹렬한 국내의 반대 여론을 꺾고, 한 · 미 · 일 3각 협력을 향해 과감히 한발을 내디딘 윤석열 정부를 높게 평가하고 있다.

담화가 나온 지 벌써 9년이 지난 2024년 이 책을 읽어야 한다면, 이후 동아시아에서 전개된 이런 서늘한 역사적 흐름을 염두에 둬야 한다. 니시노 교수는 담화가 나온 뒤 임한 두 번째 대담에서 한-일 두 나라는 "동아시아 내 미-중 관계에 대해 크게 다른 질서 감각을 갖고 있다"면서 "서로 다른 질서 감각을 가진 두 민주주의 국가가 동아시아 지역에서 과연 어떻게 협력해 갈 것인가, 이것이 이후 한-일 관계의 큰 과제"(268쪽)라고 짚었다. 당시 일본이 추구하던 '미국 중심 외교'와 한국의 '미-중 균형 외교'가 갈등을 벌일 소지가 있음을 우려한 것이다. 그의 말대로 이 문제는 여전히 양국 관계의 '큰 과제'로 남아 있지만, 균형은 이미 일본 쪽으로 기운 것으로 보인다. 아베 담화를 독해하려면 '도덕적 당위'를 마음 속 깊이 간직하면서도 국제정세라는 냉엄한 현실을 직시해야 한다. 담화를 읽는 것은 여전히 고통스럽지만 냉정한 태도를 유지하지 않으면, 향후 일본과의 관계에서 다시 한 번 큰 낭패를 당할 수 있다.

길윤형

1977년 서울 출생. 서강대학교에서 정치외교학을 전공했다. 2001년 11월 『한겨레』에 입사해 사회부 · 국제부 등을 거쳤고, 2013년 9월부터 3년 반 동안 도쿄 특파원으로 재직했다. 귀국 후 『한겨레21』 편집장과 『한겨레』 국제뉴스팀장, 통일외교팀장, 국제부장을 맡았고 현재는 논설위원으로 일하고 있다.

아베 정권 이후 본격화된 반동의 흐름 속에서 일본군 '위안부' 문제, 미일 동맹 강화를 비롯한 일본의 안보정책 변화 등에 관한 여러 기사를 썼다. 아베 담화가 나오던 2015년 8월 도쿄 특파원으로 관련 기사를 썼다.

지은 책으로는 『나는 조선인 가미카제다』, 『아베는 누구인가』, 『안창남, 서른 해의 불꽃같은 삶』, 『26일 동안의 광복』, 『신냉전 한일전』이 있고, 옮긴 책으로 『나는 날조기자가 아니다』, 『아베 삼대』, 『공생을 향하여』, 『북일 교섭 30년』이 있다.

막다른 문학의 골목에 길을 내는 비평의 정치

『**제복과 수갑: 긴급조치 시대의 한국 소설**』, 김형중 지음, 문학과지성사, 2023

권영빈

모든 문학이 자신이 태어난 시대를 온전히 대변하는 것은 아니지만 그것이 언제나 시대의 호흡 속에서 만들어지고 규정된다는 점에는 의심의 여지가 없다. 문학은 동시대의 언어 · 상징 · 담론 · 이데올로기를 질료이자 매개로 삼아 고유의 문제성을 드러내고, 그 읽힘과 수용의 방식은 시점을 추정할 수 없는 복수의 '오늘' 속에서 구성되기 마련이라는 점에서 그렇다. 이러한 문학을 비평하고 연구하는 목적 가운데 하나는 문학과 시대가 함께 짜놓은 의미의 구조를 온당하고 설득력 있게 논구함으로써 우리의 현실인식을 벼리는 데 있을 것이다. 그런 점에서 문학과 그것을 논하는 이야기들에게 가장 곤란한 지경은 단선적이고 발전론적인 시간관에 갇힐 때라 할 수 있다. 하나의 국면이자 결절인, 그래서 무수한 미래로 열려있는 문학적 견지들을 기각시켜 버리는 것이 바로 목적론적 수사이자 서사이기 때문이다.

『제복과 수감』(문학과지성사, 2023)이라는 기획의 출발점이자 도착점도 이곳이다. 시대와 길항하는 문학의 양태를 종래의 선조적 역사관과 인과관계의 구획 바깥에서 관찰하고, 그것이 이미 지나간 시절이 아닌 오늘의 한국사회에 대한 해석에도 여실히 갖고 있는 소구력을 드러내는 것이다. 우리 문학사를 기술해온 지배적 관점이 계급적 각성과 저항적 주체를 위시한 민중문학 구성에 있었다는 점에 말미암아 『제복과 수감』이 주요하게 다루는 것은 그러한 거대서사의 이면이다. 그렇다고 해서 책이 '복수의 문학사'라는, 이미 과도하게 언급되어 어느덧 생동력을 잃어버린 납작한 방법론을 채택하고 있는 것은 아니다. 단지 문학사 다시 쓰기의 문제로 갈음될 수 없는 '권력의 역사'가 그것을 시대적 징후로 감각했던 작가와 텍스트를 통해 오늘 우리에게 불쑥 다가오고 있기 때문이다.

저자인 김형중은 이미 명망 높은 작가이므로 그의 출간을 기다린 독자들도 많을 것이다. 이 책은 문학평론가이자 한국문학 연구자인 저자의 쉽 없는 활동에 신뢰를 더해주면서도, 평론가가 엮어내는 비평집 혹은 전문 연구자의 논문 앤솔러지라는 양단간의 형식에 기대지 않고 저자의 비평적·학술적 궤적을 통합하고 있다는 점에서도 의미를 더한다. 이를 가능하게 하는 논점인 푸코(Foucault)의 권력의 양태들이 프로이트(Freud)와 라캉(Lacan), 아감벤(Agamben)과 낭시(Nancy) 등 주체와 사회를 구성하는 '구성적 외부'에 관한 개념들과 더불어 명료하게 정리되어 있기에 이번 책은 잘 만들어진 국문학 이론서의 특징 또한 지니고 있다는 점을 알리고 싶다. 이제 『제복과 수갑』이 지닌 흥미로운 주제들과 구성, 그리고 그것이 오늘의 우리 문학/현실에 던지는 시사점을 언급할 차례이다.

왜 하필 '제복'과 '수갑'일까. 최근 팬데믹의 경험과 그 속에 드러난 생명정치의 속성들은 책의 제목을 이루는 키워드들을 새로이 되뇌게 만든다. 강력한 법질서와 훈육을 통해 인간의 개인적 · 집단적 삶을 틀 지우는 주권권력이나 규율권력을 전근대에 가까운, 또는 근대의 변화 속에서 이미 저문 권력의 양식으로 간주했던 인식의 지평은 보다 안전한 통치를 갈망하는 21세기의 요구들로 인해 수정될 수밖에 없다. 그러한 재고를 위한 기점으로 책은 1960-1970년대를 지목한다. 전쟁의 폐허를 뒤로하고 '한강의 기적'이라는 물살을 탄 지점이자 한국의 물신주의, 천민자본주의의 기원으로 일컬어지는 이 시대는 관련 담론이 넘쳐나는 만큼 문제적인데, 『제복과 수갑』이 체계적으로 드러내는 것은 그곳에 권력의 제 양상이 모여 착종되어 있었다는 점, 그것이 오늘의 한국사회에서 관찰되는 '이상함'의 기원일 수 있다는 점이다. 이 책은 그것을 포착하고 있는 작가와 텍스트를 재독하기 위한 의지이다.

여기서 긴요하게 쓰이는 말이 바로 '전미래(前未來)'이다. 비가역적이고 선조적인 역사 서술의 관점은 이미 확정된 도착 지점에 절대적 지위를 부여함으로써 그곳에서 반추하는 과거를 마치 다른 출구가 없는 일방통행로로 조명한다. 미래는 과거의 유일한 귀결점이자 귀속점으로 존재하면서 단지 도착점과의 인과를 밝히는 용도로만 지난 시절을 해석한다. 우리가 역사나 문학사를 배웠던 방식이기도 한 이러한 경향은 『제복과 수갑』을 통해 권력의 역사라는 비평의 틀 아래서 보다 첨예한 비판의 대상이 된다. 한국문학사의 주류 내러티브, 즉 전쟁이 가로놓인 50년대 문학을 트라우마로 인한 절망과 신음으로, 4 · 19와 함께 열린 60년대 문학을 나이브한 수준에서나마 발견된 민중 또는 개인의 내면으로, 개발독재의 전성기인 70년대 문학을 민중적 현실의 탐사장으로, 5 · 18로 시작된 80년대 문학을 민중문학의 만개로[1] 이야기할 때 그것은 제법 오랜 시간 문학장을 일괄했던 마르크스주의적 진보사관으로 인한 것이지만 거기에는 항전 대상으로서의 주권권력만을 문제시했던 출구 없는 흐름이 있었다는 것이다.

---

1 김형중, 『제복과 수갑: 긴급조치 시대의 한국 소설』, 문학과지성사, 2023, 32-33쪽. 이하 본문 내 인용은 괄호 안에 표기.

이러한 막다른 문학의 길을 내는 것이 『제복과 수갑』의 주된 논지이다. 주로 식민지를 경험한 근대화 후발 국가들이 맞닥뜨리는 정치적 독재와 군사주의적 통치체제는 '압축적 근대화'라는 시대적 과업 속에서 심화되는데, 한국의 1960-1970년대는 푸코의 권력의 양태들, 즉 주권권력, 규율권력, 생명권력의 혼재로 그것을 수행한 시기로 해석된다. 무소불위의 권력자와 반공이데올로기, 도로나 댐과 같은 대규모 토건사업, 새마을운동과 가족계획사업 등은 권력의 역사를 그저 지배적 권력의 교체가 아닌 복합적이고 중층적인 것으로 파악하게 하는 사례이다. 그럼에도 불구하고 1960-1970년대 권력은 단순히 '개발독재'로, 그리고 '민중(노동자)'이라는 계급의 생존권을 위협하는 인격화된 존재로 그려지곤 했다. 이러한 권력의 성격은 2부의 논의에서 타파된다. 김광식과 김동립은 60년대 소설이 결별한 전쟁 후유증이 아닌 자본주의적 규율권력에의 부적응이라는 새로운 병인을 예견한 것으로 읽히면서 주류 문학사에서 이탈하고, 박태순과 김정한은 근대의 양가성을 파악하는 '파우스트적' 시각을 드러낸다는 점에서 이들을 읽는 데에 '전미래'라는 시점도 더이상 유효하지 않게 된다.

특히 남정현은 「분지(糞地)」(1965)를 통해 소위 반미문학과 저항의 서사를 견인한 작가로 수식되곤 하지만 그의 '정신병리적 풍자'는 무섭게 내달리는 근대화 앞에서 주체의 자리를 환멸로 채운 결과이자 시대에 대응하는 문학의 양식이기도 했다는 점에서 각별히 주목된다. 신경증 환자로 점철된 그의 소설은 당대의 지배 체제를 공고히 하려는 인물과 그것을 전복하려는 인물의 이분법적 대립구도를 끊임없이 내세우지만 그것이 모두 망상을 본질로 삼고 있다는 점에서 그의 소설은 일종의 발작으로 느껴진다. 책이 남정현의 정신병리와 풍자에 관한 독해로부터 명확히 하는 것은 이러한 문학의 병식이 정신의학 담론과 규율권력의 협조가 가시화되고 개인의 신체를 넘어 인구 전체에 대한 효율적 통치라는 새로운 권력의 의지가 드러났던 당대성의 증상이었다는 점이다. 주지하다시피 푸코의 권력의 양태들 가운데 최신 전화(轉化) 단계인 생명권력은 본질적으로 정치적인 주체를 생물학적 인구로 환원하고 안전의 논리로 그들을 '살리거나 죽게 내버려'둔다. 그러니 남정현의 소설이 신자유주의적 합리성과 효율성을 무기로 하는 이러한 권력의 테크놀로지와 마주해 쾌락원칙의 지배를 벗어나는 풍자로 대응한 것은 타당하다. 프로이트의 감정 비용의 경제로 읽어낼 수 없는 비효율성과 비합리성이야말로 "비동시적인 것들의 동시성 원리에 따라 착종"(100쪽)된 당대 권력의 작동에 대한 필연적인 반응이며, 결코 웃음이나 희화화로 대응할 수 없는 독특한 죽음의 시대를 암시한 것으로 비로소 이해되기 때문이다.

이러한 권력의 양상과 생명정치의 메커니즘은 오늘의 현

실에 가까워오면서 더욱 분명해진다. 1960-1970년대의 독재체제가 예외상태와 비식별역, 그리고 '벌거벗은 생명'의 발굴 및 생산을 통해 규범적 권력을 강화했던 것은 윤흥길과 최인호의 소설로 소상히 드러난다. 「아홉 켤레의 구두로 남은 사내」(1977) 연작에서 '민도식'이 감지하는 '다른' 권력과 「견습환자」(1967)에서 미시적 삶에 육박해온 생명정치의 양상은 민중문학의 '전미래'라는 관점에서는 쉬이 발견될 수 없는 것이다. 저자는 이들을 매개로 3부에서 팬데믹 전후의 한국 소설의 문제를 돌파해나간다. 오늘날 국가라는 주체는 더 이상 주권권력과 규율권력의 얼굴을 갖지 않고, 통계와 확률로 인구에 작용하는 생명권력은 "우리를 더 안전하게(현행법 무시하고서라도) 통치해달라!"(221쪽)는 요구로 자신의 구성 요건을 변용시키고 있다. 이러한 권력의 (재)전화는 "'증상'들의 교체사"(248쪽)로 문학사를 해석하는 가운데에서 잘 드러난다. 예컨대 임솔아의 소설은 PTSD(외상후 스트레스 장애, Post-Traumatic Stress Disorder)와 ICD(충동조절장애, Impulse Control Disorders)를 겪는 인물을 통해 우리 현실에 구조화되어 있는 생명정치와 안전의 문법에 천착하고 있다고 책은 논한다. 연금, 보험, 대출, 투기와 같은 새로운 자본(화)과 생명정치의 기수는 리스크를 생산하고 생산된 리스크를 향유할 것을 강제하는 "도덕적 테크놀로지이자 품행지도"(263쪽)의 일환으로 우리의 삶에 깊숙이 들어서 있다.

60년대 남정현이 정신병리적 풍자로 예비했던 새로운 시대는 아마도 자본주의적 생산성과 죽음의 생산이 고도로 협화하는 오늘의 초상에 비근할 것이다.

이렇듯 『제복과 수갑』은 '생명정치의 선진국'(240쪽) 한국이 처한 여러 난점과 그 기원을 1960-1970년대부터 2020년대에 이르는 문학의 새로운 계보를 통해 해석한다. 여기서 권력의 역사와 문학사가 겹쳐 논의되는 이유는 단지 저자가 주목한 연구의 대상이나 관점의 차원에 국한되지 않는다. 서로 다른 권력의 메커니즘이 착종하며 발전해나갈 수 있었던 요인인 비식별역의 창출과 문학사 및 정전에의 입장 (불)가능성을 판가름하는 비평 이데올로기의 작동이 '배제를 통한 포함'이라는 원칙을 공유하고 있기 때문이다. 따라서 이러한 원칙을 쇄신하려는 소설들이 병리적 증상을 중심으로 연결되는 것도 우연은 아니다. 동시대 권력의 이행과 변용을 감각하는 작가의 주장은 결코 '정상성'의 범주에서 관철될 수 없으며, 문학과 시대를 (재)연결하고 (재)배치하는 비평의 정치 또한 밋밋한 방법론으로는 구축될 수 없다.

책이 강조하듯이 오늘날 생명권력과 생명정치적 속성들은 하나의 시스템으로 존재한다. 그것은 권력의 메커니즘이 기술적 완성을 향해 나아갈 때 통치 대상으로서의 인민-인구 또한 질적으로 변화해나갔기 때문일 것이다. 이제 우리는 전지구적 위기 속에서 더 안전해지기를, 더 합리적이고 완벽하게 통치되기를 원한다.

그러나 문학은 이러한 비극적 세계를 '미리' 경험한다. 김승옥의 소설이 죽음 대신 위악을 택하는 인물을 통해 60년대적 주체가 직면한 "'강요당한 선택'의 구조"(125쪽)를 그려낸 것처럼, 최인호의 소설이 "권력의 바깥 같은 것은 그 어디에도 없다는 사실"(190쪽)을 일찍이 간파한 것처럼 문학은 출구 없는 현실에 문을 내려고 분투한다. "작가의 예민함이 한 사회의 미래를 미리 발견하는 것은 바로 그 당대 사회에 미래가 비교적 정확하게 각인되어 있기 때문"(240쪽)이라는 저자의 지적처럼 한국사회가 무수한 가능성으로 맞을 '오늘'은 문학을 통해 다르게 인식될 수 있을 것이다. 이는 '제복'과 '수갑' 바깥을 희구하는 비평가의 책무를 통해서만 가능할 것인데, 그런 점에서 『제복과 수갑』은 막다른 문학의 길에 출구를 내려는 긴급한 조치이기도 하다.

권영빈
동아대학교 한국어문학과 초빙교수
2023 창비신인평론상 수상

〈문학/사상〉 신인비평상 공모

반년간 〈문학/사상〉은 2024년 제1회 〈문학/사상〉 신인비평상을 공모합니다.

〈문학/사상〉은 동시다발적인 위기로 착종된 '지역'을 비판적으로 넘어갈 수 있는 야심찬 비평적 시야가 절실하다고 판단했습니다. 지역의 삶과 문화가 작품으로 예민하게 길어올려지고 있다면, 비평은 그곳에서 감지되지 않았던 낯선 지도를 그리고 예기치 못했던 방향을 제시하는 날카로운 작업이라고 할 수 있을 것입니다. 문학비평을 통해 새롭고 낯선 지도와 방향을 그려내볼 야심찬 신인을 〈문학/사상〉은 기대합니다.

모집 부문 및 분량	문학비평(1편), 60~70매
모집 마감	2025년 2월 10일(당일자 우표소인 유효)
응모자 및 응모작품의 자격	신인(중복투고 불가, 미발표 신작)
심사 및 시상	• 심사위원은 〈문학/사상〉이 위촉하며 명단은 사후 발표함. 당선작은 2025년 상반기호에 게재함. • 당선작은 300만원의 고료(제세공과금 포함)가 지급됨.
보낼 곳	부산시 해운대구 수영강변대로 140, 부산문화콘텐츠콤플렉스 626호
기타	• 겉봉투에 [〈문학/사상〉 신인비평상 응모작품]으로 붉은색으로 표기할 것. • 원고 뒤에 이름, 주소, 전화번호를 반드시 기재할 것. • 응모작품은 반환하지 않음.

문의 (051) 504-7070

문학/사상 9
불가능한 말들

초판 1쇄 발행 2024년 4월 12일

발행인 강수걸
편집인 구모룡
편집주간 윤인로
편집위원 김만석 김서라
편집장 이소영
펴낸곳 산지니
등록 2005년 2월 7일 제333-3370000251002005000001호
주소 부산시 해운대구 수영강변대로 140 BCC 626호
전화 051-504-7070 | 팩스 051-507-7543
홈페이지 www.sanzinibook.com
전자우편 sanzini@sanzinibook.com
블로그 http://sanzinibook.tistory.com

ISBN 979-11-6861-293-8 03800
ISSN 2765-7167

* 책값은 뒤표지에 있습니다.
* 파본은 구입처에서 교환해드립니다.
* 본지는 한국문화예술위원회 문학창작주체(문예지발간지원사업)에서
문예진흥기금을 지원받았습니다.
* 본지는 2024년 부산광역시, 부산문화재단 〈부산문화예술지원사업〉으로
지원을 받았습니다.

정기구독/후원 안내

정기구독

1년 구독권	3만 원
2년 구독권	5만 원
3년 구독권	7만 원
5년 구독권	10만 원
평생 구독권	50만 원
발송비	산지니 부담(해외구독 별도)

구독 안내

- 『문학/사상』은 연 2회 발간되며, 상·하반기 각각 1회 출간되어 발송됩니다.
- 2년 구독권부터 산지니 도서 1권 증정됩니다.
- 정기구독은 최신호부터 적용됩니다.

정기구독 신청방법

아래의 링크 또는 QR코드 → 구독 신청서 작성 및 제출 → 구독료 입금 → 신청 완료

구독신청 폼: https://m.site.naver.com/1kQmi

아래 계좌로 입금하신 후 전화나 이메일로 주소, 연락처를 알려주세요.

전화	051-504-7070
이메일	san5047@naver.com
부산은행	154-01-005889-7 (강수걸)